そこにある幸せ

ご隠居は福の神 10

井川香四郎

二見時代小説文庫

目次

そこにある幸せ——ご隠居は福の神10

そこにある幸せ——ご隠居は福の神10・主な登場人物

高山和馬《たかやまかずま》……自身の窮乏は顧みず他人の手助けをしてしまう、お人好しの貧乏旗本。

吉右衛門《きちえもん》……ひょんなことから和馬の用人のようになった、なんでもこなす謎だらけの老人。

千晶《ちあき》……深川の診療所で働き、産婆と骨接ぎ医を担当。和馬に思いを寄せる娘。

権之助《ごんのすけ》……口入れ屋「閻魔屋《えんまや》」の主人。普請問屋「摂津屋《せっつや》」の平野甚四郎《ひらのじんしろう》に人足を紹介する。

久能忠範《くのうただのり》……趣味人然とした隠居暮らしをしているが、実は裏の顔を持つ元勘定奉行。

お糸《いと》……十数年ぶりに姿を現した権之助の母。

勘左衛門《かんざえもん》……深川西町の扇橋の前にある薬種問屋「大黒屋《だいこくや》」の主。

弥兵衛《やひょうえ》……勘左衛門に仕える大黒屋の番頭。

孔之助《こうのすけ》……勘左衛門の双子の弟。離れて暮らしていたが兄の思惑で店に呼び戻される。

樫山総太郎《かしやまそうたろう》……何者かに斬殺された旗本、樫山采女正《うねめのしょう》の子息。

内海主計頭公琳《うつみかずえのかみこうりん》……勘定奉行を務めた三千石の大身旗本。息子、清之助《せいのすけ》ではなく甥に家を継がせた。

藤村秦十郎《ふじむらしんじゅうろう》……木下佐之助《きのしたさのすけ》らと連《つる》み「天誅党《てんちゅうとう》」を名乗り狼藉を重ねる悪ガキ。

藤村土佐守《とさのかみ》……八千石の大身旗本で長崎奉行。藤村秦十郎の父。

間山仙十郎《まやませんじゅうろう》……道中奉行配下の御家人。書院番詰めの経験があり腕が立つが……。

間山奈美《なみ》……行方がわからなくなった間山仙十郎の娘。

第一話　縁切り松

一

深川《ふかがわ》一帯は材木問屋がひしめいている。猿江《さるえ》には公儀の御材木蔵があるが、何より海辺の貯木場には山のように材木が積み上げられており、腐らせないために海面にはずらりと筏《いかだ》のように材木が広がっている。

江戸の普請を支えているのは深川である。よって、富岡八幡宮《とみおかはちまんぐう》の参道は、日本橋《にほんばし》と変わらぬくらいの繁華な町が広がっていた。呉服問屋や油問屋、米問屋などの軒《のき》も連なり、出商《であきな》いが大勢、往来しており、参拝客も入り混じって朝から晩まで賑わっていた。

その一角に——。

毎日のように人波で溢れている商家があった。問屋ではない。『閻魔屋《えんまや》』というちょっと風変わりな屋号の看板が出ている。物を売る問屋ではなく、口入れ屋である。口入れ屋とは元々、関八州《かんはっしゅう》などから江戸に流れてきた者に仕事を紹介する所であったが、江戸市中の無職人の世話もする。だが、天保《てんぽう》の治世においては、金貸しとしても稼いでいた。

もっとも、自らが金主《きんしゅ》になるのではなく、今でいう保証人がおらず担保もない者に、両替商を紹介して手数料を取るのだ。つまり法外な金利ではなく、あくまでも手数料だから、借りるときに前払いで受け取っても問題はない。文字どおり、口を挟む意味の〝くにゅうや〟とも呼ばれていた。〝ピンハネ屋〟と悪意を込めて言う者もいた。

口入れ屋はあまりいい印象ではない。普請場や武家の中間《ちゅうげん》などの紹介をするというのは表向きで、実際は女衒《ぜげん》のように、金の貸し借りから派生した事件に首を突っ込んで、借金の形《かた》に若い娘を女郎屋に世話する阿漕《あこぎ》な者も多かったからである。

しかし、『閻魔屋』は屋号どおり、悪い奴を見張って、嘘つきの舌を抜くのだ。店の神棚にも小さな閻魔像がある。憤怒の顔に〝笏《しゃく》〟を持っている。これは一尺の長さだから、そう呼ばれているが、本当は〝こつ〟と呼ばれる。骨をぶっ潰すものだからだ。閻魔は仏教の地獄の主《あるじ》であり、死者の生前の罪を裁くから、地獄に落ちた人々は恐れおののいていた。

同様に、『閻魔屋』の主人の面構えも、濃い髭《ひげ》を蓄えて、ギョロリとした目、太い鼻で分厚い唇であった。初めて来た客は必ず立ち尽くすか、背を向けて帰った。迫力はあるが、まだ三十そこそこの年であるから、かなりの遣り手であろう。

客が絶えないのは、保証人がいない者にも、仕事や借金先を紹介をするだけではなく、後の面倒見が良かったからである。いわば、〝福の神〟と呼ばれる吉右衛門《きちえもん》の閻魔版であろうか。

江戸には一年の間に、関八州から二万数千人もの出稼ぎが訪れる。田舎者ばかりだから、土地鑑《かん》も知人もなく、不安や寂しさだらけだ。そんな人びとのために、主人の権之助《ごんのすけ》は〝保証人〟になり、

――閻魔のお導きで働く者たちは、親子も同然。

というのが口癖だったのである。

決して親しみやすい顔でも態度でもないが、信頼だけは強かった。それは、奉公先と紹介した人の間で何か紛争があれば、必ず奉公人の味方をする。

「自分が世話をした人間が間違いをするわけがない。それとも、この閻魔が悪人を見落としたとでも言うのかな」

と逆に脅して後押しする。物事が拗《こじ》れたりすれば、きちんと公事師《くじし》を立てて、町奉行所のお白洲まで出向いて、争い事の処理をするのだった。そこまでやるものの、権之助は自分のことをあまり話さない。それゆえ、

「何か人に言えないことをしてきたのではないか。でないと、これだけの大きな商いができるわけがない」

と陰口を叩く者もいたが、繁盛している口入れ屋ゆえのやっかみであろう。

「隅田川《すみだがわ》一帯の護岸と橋梁の改修、深川の新しい木場などで、大きな普請がある。日当はなんと五百文。大工の倍だぞ。さあ、いないか、いないか」

番頭の巳之助《みのすけ》が朗々と声をかけると、すでに店の前に並んでいる者たちが、次々と名乗りを上げた。この番頭もまだ若くて、見るからに活き活きとしている。

普請場には梃子《てこ》の者、地形師《じがたし》、根取り、車引き、人足、軽子《かるこ》など普請場の基礎を固める仕事が大切だった。そのため、物品や材木、土砂などの運搬を担う人足は膨大な数が必要だったのだ。

まるで市場のセリのような状況が、毎朝の風景だった。日銭稼ぎにはありがたい。仕事はきついが、高い日当を手にすることができるからである。

騒動が一段落したとき、身なりのよい商家の内儀《ないぎ》らしい女が、店先にひとりで立っ

ているのが見えた。四十半ばであろうか。かなりの年増だが、上品そうな顔だちで、少し潤んだ目に儚《はかな》さがあった。巳之助が気づいて、

「仕事をお探しですか……うちは男衆の仕事ばかりですが、武家や商家への奉公も少しならばお世話できますが……」

巳之助が声をかけると、女は首を横に振り、

「いえ……そうではありません。ちょっと懐かしくなりまして……」

「懐かしい……」

不思議そうに巳之助が近づこうとすると、女は顔を背《そむ》けて、

「いいえ。何でもありません。失礼をしました」

立ち去ろうとすると、権之助が店から出てきた。

「誰だね」

「はい、それが……」

巳之助が目を向けた方を見ると、その上品そうな婦人の姿を見て軽く挨拶をした。

権之助も軽く会釈をしたが、年増は俄《にわか》に目に涙を溢れさせて、深々と頭を下げてから、

「お元気でいて下さり、なによりです……それだけで嬉しゅうございます……」

「どちら様でしたか……」

と訊こうと思ったが、その言葉は飲み込んだ。自分に覚えがなくても、相手が知っていれば失礼に当たるからである。顧客かもしれないので、適当に合わせて、

「そちら様こそ、お元気そうでなによりです」

と答えたものだから、相手はわずかに瞳を輝かせた。

「もしや、覚えてくれてましたか……」

「あ、ええ……」

中途半端に頷くと、年増は涙を拭《ぬぐ》って、

「上州《じょうしゅう》の館林《たてばやし》から訪ねてきた甲斐がありました。そうですか、分かりますか……本当に立派になられましたね」

と言いながら、満面の笑みになったときに浮かんだえくぼを見て、権之助はみるみるうちに顔が強ばった。「もしかして」という思いから確信に変わった。

権之助は年増に近づくと、路地の方へ連れ込んで、

「どうして、ここが分かったんだ。誰から聞いたのだ」

「誰って……」

「何が狙いなんだ、ええッ」

「別に何も……ただ懐かしくなって、顔を見たくなって……」

「忘れるものか、その顔……少しばかり年を取ったが、相変わらず憎たらしい面構《つら》えだ……用はなんだ。金か」

権之助はきつい言葉を発して、

「いいか。俺は昔の俺じゃない。おまえとは母親でも息子でもない。二度と店の周りをうろつくな、いいな」

「うろつくなんて、そんな……」

「そんな目をしても無駄だ。腹の中で何を考えているかくらいは分かる。成り上がった息子の金をたかりに来たのだろうが、一文たりとも渡す金なんぞない。今度、その顔を見せたら、こっちも容赦しないからな」

まさに閻魔の顔になって、突き放すように言った。しかも、相手は年増女である。誰かが見ていたら、それこそ権之助の本性の方が疑われる振る舞いだった。

「はい。分かっております。気分を悪くさせて申し訳ありませんでした」

深々と腰を折って頭を下げると、年増は路地の奥へと消えた。

店に戻ろうとした権之助に、表に立っていた高山和馬《たかやまかずま》が声をかけた。

「権之助……訳ありの女のようだな」

「あ、高山様……今日も沢山、普請人足を賄《まかな》うことができました。これもすべて高山様が無宿人の救済策として打ち出してくれた公儀普請のお陰です、はい……」

権之助は誤魔化すように挨拶をしたが、

「母親がどうのこうのと聞こえたが」

「いえ。通りがかりの人で、うちではあまり女中などは扱ってないので……それより高山様、大川《おおかわ》の上流、千住《せんじゅ》の近くにもうひとつ橋を架けるとのことですが、そのお話をお聞かせ下さいませ。さあ、どうぞ。茶でも飲みながら」

謙《へりくだ》ったように店の中に誘ったが、和馬は年増が去ったばかりの路地を覗いてみた。年増は寂しそうに俯《うつむ》き加減に去っていき、向こうの大通りに曲がって消えた。

二

富岡八幡宮から大横川《おおよこがわ》に向かう通りには、商家の黒塀が続いていたが、その一角に、ある武士が別宅として使っている屋敷があった。隠居侍の侘《わ》び住まいらしい。

そこに権之助が現れたのは、母親が店に現れて数日後のことである。

冠木門《かぶきもん》の中は、打ち水された石畳が敷き詰められており、背の低い松が何本か植えられている。玄関脇には五葉松の鉢植えなども置かれていて、主人が趣味人だと分かる。

　玄関脇から裏手の茶室に続く露地には、小さな灯籠《とうろう》があって、松葉の家紋が彫られてある。玄関扉の柱にも幾重にも松葉の文様が浮き彫りにされてあり、上がり框《かまち》の奥にある屏風《びょうぶ》も水辺の松が描かれていた。

　ぼんやりと浮かぶ箱行灯《はこあんどん》にも、松の文様があって、客人たちは松林の中に迷い込んだような錯覚に陥った。茶室には趣向の良い掛け物や花入れがあって、風炉《ふろ》の釜の傍《かたわ》らで茶を点《た》てている総髪の主は茶人の風情がある。還暦過ぎであろうか、落ち着きのある物腰の武士であった。

　瀬戸黒《せとぐろ》の立派な茶碗を差し出された権之助は、硬い表情で茶を味わって、型どおりの所作で飲み終えると、「いいお点前《てまえ》でした」と主に向き直った。

「ところで、久能《くのう》様。これを……」

　権之助が風呂敷包みを差し出すと、久能は承知しているという顔で、中身を確かめることはなかった。封印小判が十個、二百五十両入っている。

「手付けでございます。新しい公儀普請が決まれば、その倍……いえ、三倍いや五倍はお支払いできると思います」

　隅田川は上流から下流に向かって、宮古川《みやこがわ》、大川などと名前が変わる。それが縄張りのように橋の普請や護岸を請け負う問屋も変わるのだが、公儀普請については公正な入れ札によって執り行われる。権之助は、請負問屋を〝お上《かみ》〟に紹介する仕事もしており、入れ札に近い値を聞き出して、それを業者に教えるのだ。そして、うまく選定された業者から報酬を受け取り、人足などの口入れもする仕組みなのだ。

久能は、茶を通じて勘定奉行ら幕閣と通じており、容易に入れ札の値を聞き出すことができる。権之助はそれを利用して、公儀普請の繰り入れ屋としての自分の立場を堅牢なものにしているのである。

「諸々、承知した。おまえも若いのに、なかなかの切れ者だな」

穏やかな声で久能が答えると、権之助は恐縮したような上目遣いで、

「もうひとつ、頼みがあります。お訪ねしたのは、こちらが本筋でございます」

と尋ねた。久能の方も何か嫌な感じがしたが、黙って聞いていた。

「実は、縁を切りたい者がいるのです……あなたが、巷《ちまた》で囁かれている〝縁切《えんき》り松《まつ》〟であることは、前から存じ上げております」

「…………」

「本当に不思議なお方でございますね。幕閣と昵懇《じっこん》と思えば、人と人との縁を切るという裏の稼業までするとは」

権之助の言い草が気にくわなかったのか、久能は眉間に皺《しわ》を寄せて、

「誰と縁を切りたいのか知らぬが、さようなことをして幸せになったためしはない。誰もが、後で悔やんでおる」

「決して後悔などしませぬ。むしろ今のうちに芽を摘んでおきたいのです」

切実に訴える顔の権之助を、久能はじろりと睨みつけ、

「この江戸には、〝始末屋〟だの〝天罰屋〟などと称して、金で殺しを請け負う輩《やから》もおるようだが、それと一緒くたにされては困る。私はそういうことは一切……」

「分かっております。本当に縁をきちんと切ってもらいたいだけなのです……〝縁切り松〟のあなたに」

この異名がついたのは、久能の幼名が〝松之丞《まつのじょう》〟だからである。今は忠範《ただのり》という先祖代々の名前を戴いている。

人の世は、親子兄弟や幼馴染み、近所付き合い、奉公先など、様々な縁によって暮らしている。だが、一度でも拗《こじ》れたり揉めたりすると、案外厄介なものである。特に、親戚同士は憎しみが増幅するから扱いづらい。

そんな人と人の縁を切るのが、久能の裏稼業でもあるのだ。もっとも、表の稼業があるわけではない。どうして縁を切ることができるのか、ほとんどが謎なのである。

だが、久能に頼めば、すんなりと縁が切れて、嫌な揉め事もすっかり消えてしまう。

「閻魔様でも切れぬ厄介事があるということか……ふむ。他ならぬ権之助さんの頼みだ。口入れ屋という人と人を結びつけるのは、得意なのにな、むふふ」

不気味に笑う久能に、権之助は深々と頭を下げた。

「縁を切りたい相手は、母親です」

「それは、また……」

厄介そうだなという顔になった久能は、それでも事情を訊いた。

権之助は、十数年ぶりに、母親が突然、店に現れたことを話した。

「名は、お糸《いと》といいます。二度と顔を出すなと追い返したのですが、実は前々から、店を窺《うかが》っていたらしく、それからも毎日のように店の前に来て、物欲しそうな顔で立っているのです。仕方なく、十両ほどの金を渡して、本当に二度と来るなと念を押したのですが、今日もまた店の表に立っていて……」

「本当の母親かね」

「正真正銘、産みの母親なんですけど、二度と会いたくない女です」

「そこまで憎んでいるのか」

「憎いのとは違います。なんというか……気持ちが悪いというか、恐いというか……

得体の知れない不気味さがあるのです」

「母親が不気味とは、なんとも奇っ怪な感情だな」

「まあ、お聞き下さい」

誰もいないのに、権之助は人目を憚《はばか》るように声を潜《ひそ》めて、

「あの女は……私の知っている限りでも、私の父も含めて、十人ばかりの男を食い物にしてました……いえ、ただの色情ではありませぬ。狙いは金なのです」

「金……」

「はい。ですから、大金を持っている商人や身代《しんだい》を沢山残している老人、あるいは金廻りのよい旗本などに取り入って、とにかく金のために男を誑《たぶら》かしていたのです」

「なるほど。暮らしを立てるために……というのではなかったのか？　以前、権之助さんは幼い頃は、その日に食べる米もなく、油もない貧しい暮らしだったと話していたことがあるが」

「ええ……親父は腕のよい植木職人でしたが、さほど稼ぎもなく、病《やまい》がちだったので、母親が外で働いていたのは本当です。ですが、子供の頃でも、薄々は知っていましたが、売春まがいのことをしていて、とても人には言えなかった」

「子供らを育てるためでは？」

「いいえ。私には兄弟がおりませぬ。しかも十二の頃には、口入れ屋の『淡路屋《あわじや》』に奉公していました。でも、そのときですら、『子供の給金は私に渡せ』と店にまで押しかけてきていましたからね」

「店の主人は何も……？」

「追い返してくれましたよ。でも、口入れ屋は多かれ少なかれ、人に言えないこともしている。だから、母親はそれを嗅ぎつけて、幾ばくかを脅し取っていたようなのです」

「とんでもない母親がいたものだ」

「ええ。母親には、五人の兄弟とかなりの数の従兄弟《いとこ》がいたはずですが、みんなの家や奉公先や仕事場に出向いては、なんやかやと無心をするので、親戚中から締め出しを食らいました」

「激しい気性なのだな」

「いや、それが……自分が言うのもなんですが、見た目は美しい女でね。知らない男はころりと騙《だま》されます。中には、母親のために人を殺して、死罪になった者も……」

「ほう……それは、また……」

さしもの久能も驚いたようだが、逆に、それほどの悪女ならば一度、会ってみたいと思ったようだった。

「私を産んだのは十五の頃、今は四十半ばですから色艶は失せておりますが、妖しさは残っているというか……」

「さようか。それほど困っているのならば、手助けしよう。だが……」

「……………」

「どんな手立てを取るかは私に任せてもらい、いかなる事態になっても、文句は言わない。その約束ができるかな」

「もちろんです。とにかく、あの女の顔さえ見えなくなれば、それでいい……それこそ、このままでは、この手で殺してしまいそうですから……折角、口入れ屋として信頼を得てきたのに、罪人にはなりたくないのです」

切々と訴える権之助に、久能は静かに頷いて、また茶を点て始めた。

三

大八車が数台、物凄い勢いで、大通りを突っ走ってきた。

「危ないぞ！　どけどけえ！」

乱暴な扱いだから、縛っている縄が切れて荷物が落ちそうである。大八車を引く車《しゃ》力《りき》は腕も足腰も強く、近づきがたいほど大柄で乱暴な者もいた。大量の荷を急いで運ぶと日当が良くなるので、我先にと競い合うように江戸市中を走り廻っていた。

それゆえ、大八車同士がぶつかったり、人を撥ねたり、積荷を路上に散乱させたりと大変な事態を招くことがあった。ゆえに、大八車で人を撥ねて殺した場合には、死罪か遠島という重罪だ。にも拘《かか》わらず、物流が命の江戸にあっては乱暴運行が多かった。

「うわっ。危ないねえ、まったく……」

門を出たとたん、大八車と危うくぶつかりそうになって、吉右衛門はサッと跳び避《よ》けた。その動きは、とても古稀《こき》には見えなかった。

「いやはや……江戸が栄えて賑やかなのは良いことだが、私のような年寄りや小さな子には危なくて仕方がないわい」

文句を垂れると、通りがかった棒手振りも頷いて、

「だともよ。俺たちともしょっちゅうぶつかるから、たまったもんじゃねえ」

「でしょうな」

「それにしても、ご隠居さん。素早い動きだったねえ」

「見られてしまいましたか。実は、猿《ましら》なのです。ふはは。正真正銘の申《さる》年生まれ」

「けど、ああいう手合いには気をつけた方がいいですぜ」

棒手振りの意外な言葉に、吉右衛門は目を丸くした。

「どういうことです」

「車力に限らないけれどね、身許がしっかりしていないから、好き勝手をやっているんですよ。関八州の田舎者ばかりが」

「江戸っ子だからって、人を分け隔てするとは良くありませんな」

「そんな話じゃねえ。口入れ屋が金儲けばかり考えて、しっかり身許《みもと》調べをしてねえから、あんな乱暴な車力が増えたんだ」

「なるほど。でも、あなたのような棒手振りが一番、世話になってるのが口入れ屋じゃありませんか」

「ま、たしかに棒手振りは、これといった手に職がない者でも、口入れ屋の紹介さえあれば簡単にできるけどよ。しかも、俺みたいに役者のようないい男で喋《しゃべ》り上手《じょうず》なら、長屋の女将《おかみ》さん連中がポンポン買ってくれる」

と自分で言っておきながら、棒手振りは勝手に怒りだした。

「俺たちゃ、日銭稼ぎだがな、ちゃんとお札を貰ってやってんだ。あんたに見下《くだ》される謂《い》われはねえやな」

「見下したりしてませんよ」

「知ってるよ。あんた、旗本の高山家のご隠居さんだろ」

「いえいえ。ただの奉公人です」

「だとしても、俺たちとは住む世間が違うから、小馬鹿にしてんだ」

「してませんよ」

「してる!」

幕府は寛文《かんぶん》年間から、〝日傭座《ひようざ》〟というのを設け、申込金を払った者だけに日傭札を発行して職に就かせていた。棒手振りも、その札がなければ営むことができない。もっとも、ほとんどが肉体労働である。

「すまぬ、すまぬ。悪気があって言ったわけではないのです」

「悪気があったら、てめえはとうにぶん殴られてるぜ。そもそも、お上がキチンと取り締まらねえから、乱暴な大八車が増えるんじゃねえか。このスットコドッコイ!」

吐き捨てて立ち去った棒手振りを見送りながら、

「私に怒鳴られてもなあ……」

と吉右衛門は溜息をついたが、たしかに棒手振りには一理あると思った。

主人である高山和馬がついている小普請組には、職を斡旋する務めもある。ゆえに、江戸に集まってきた人々を普請場に送るために、『閻魔屋』などを利用しているのだ。職がなければ、無宿者が増え、博打《ばくち》や盗みという犯罪にも走る。だから、社会政策ともいえるのだが、口入れ屋の質の悪さが、人足の能力の低さにも繋がる。

「和馬様……なんとかして下さいよ」

ひとりごちたとき、軽く背中を叩かれた。振り返ると、結綿《ゆいわた》に櫛《くし》、髪飾り、光琳《こうりん》模様の着物姿の千晶《ちあき》が立っていた。艶《あで》やかな頬紅と口紅に、吉右衛門は吃驚《びっくり》した。

「おやおや。千晶さんじゃないですか。これは驚き桃の木。馬子《まご》にも衣装ですな」

深川診療所の〝儒医〟藪坂甚内《やぶさかじんない》のもとで、骨接ぎ医と産婆をしている千晶である。いつもは化粧気もなく、髪を振り乱して走り廻っているから見違えたのだ。

「ご挨拶ですねえ。和馬様から何か話があるから来てくれって言われていたので、わざわざ来たのですが」

「あ、そうでしたか。これは失礼をば。しかし、残念ながら留守です」

「留守？　人を呼んでおいて留守ですか……まったく、いつもいつも何処《どこ》をほっつき歩いているんでしょうね」

「しかし、何故、千晶さんを……私は何も聞いておりませんが」

吉右衛門は首を傾げたが、千晶の格好を見て、

「私が代わりにお相手できることではありますまいな。こう見えても、昔はそれなりに女の人にもてたのですよ」

「でしょうね。正直申し上げて、和馬様よりずっと頼りになりますわ。この際、ご隠居さんに乗り換えようかしら。本当は凄い御仁《ごじん》だってことは、百も承知ですから。お金にも苦労しそうにないし」

「私もそう願いたいが、千晶さんとは年が離れすぎてます。あなたが苦労するだけですよ。いつ寝たきりになるかも分かりませんから」

「大丈夫ですよ。ご隠居さんの動きは、猿のようにすばしっこいのでしょ？」

千晶はニコリと微笑《ほほえ》みかけて、

「それより、和馬様は何処で何をしているのですか。そっちの方が気になります。だって、いつも私との約束は忘れて、親のない子たちを連れて芝居見物に行ったり、普請場に行ったまま朝まで帰ってこなかったり」

「和馬様もああ見えて、鉄砲玉ですからなあ……そんなこと一々《いちいち》、気にしていたら、嫁さんは務まりませんよ」

「あらまあ、嫁さんだなんて、恥ずかしい……ご隠居さんたらッ」

バシッと思い切り背中を叩いて、千晶はいずこかへ立ち去った。ただの骨接ぎ医ではなく、かつては武家屋敷に奉公していただけあって、小太刀や柔術の心得まであるから、千晶の力は強い。吉右衛門はゲホゲホと噎《む》せ返ってしまった。

「あ、そうだ……用事を思い出した」

すぐさま、大横川沿いにある深川八郎右衛門《はちろうえもん》の屋敷を訪ねた。慶長《けいちょう》年間に大坂《おおさか》から移ってきて家康《いえやす》の庇護のもと、この地を開いた深川八郎右衛門の子孫である。江戸城の東北、つまり辰巳《たつみ》の地にあたるところから、辰巳屋とも呼ばれている。歌舞伎役者の屋号みたいなものであろうか。

「折り入って、吉右衛門さんに話があるのは、此度《こたび》の大がかりな隅田川周辺の護岸と橋梁などについてのことなのだがね」

「ええ……私で分かりますでしょうか」

「もちろん。和馬様よりよほど……」

八郎右衛門は五十絡みだから、吉右衛門よりも二廻り近く若いが、日々の苦労が祟《たた》っているのか、かなり老《ふ》けて見える。

「実は、此度の大きな普請について、『摂津屋《せっつや》』という普請請負問屋が落札をしましてな……如何《いかが》なものかと、遠山《とおやま》のお奉行様にも尋ねてみたいと思っているのです」

八郎右衛門は真剣な顔で言った。

「上方《かみがた》の摂津は、うちのご先祖様の出であり、幾つか分家ができましたが、そのひとつが『摂津屋』と名乗ったのです」

「はい承知しておりますよ。当代の甚四郎《じんしろう》さんは立派な方と聞き及んでおります」

「何が立派なものですか……身内の悪口を言いたくはないですが、金への執着は生半《なまなか》なものではありません。こやつが、入り札を一度で落としたということが、どうも怪しい」

吉右衛門は親戚同士の争いに巻き込まれるのかと、居心地が悪かった。しかし、八郎右衛門は私利私欲に走る人間ではないということを、吉右衛門はよく知っているつもりだ。

「……と申しますと、何か不正でも？」

「さすがは、ご隠居さん。察しがよろしいな」

「八郎右衛門さんが、そういう口振りですからねえ」

微笑を浮かべる吉右衛門に、八郎右衛門は自分の広いおでこを軽く叩いて、

「公儀普請の入れ札に関しては、町名主《ちょうなぬし》如きが口を挟むことではありませんが、もし不正があったとすれば、深川家としても見過ごすことはできぬ事態だと思うので

す」

　八郎右衛門は棚から分厚い綴りを持ち出してきて、吉右衛門に手渡して見せ、

「知ってのとおり『摂津屋』という普請請負問屋はちょっと先の平野町《ひらのちょう》にあります。和馬様が関わっている口入れ屋『閻魔屋』とは同じ町内です」

　平野町は元禄《げんろく》年間に埋め立てられた所で、地名は町名主の平野甚四郎に由来する。『摂津屋』の当代は、母方の先祖である平野甚四郎の名を受け継いだのである。

「この『摂津屋』甚四郎と『閻魔屋』権之助は昵懇の仲だとのことだが、不審な点がいくつもあるのです」

「それは、どのような……」

　吉右衛門も身を乗り出して綴りをめくっていると、なるほどと頷くようなことが、数点見つかった。最も大きな問題は、普請場の人足に対する日当の支払いについてである。

　そして、『摂津屋』主人の甚四郎という人物そのものについてである。『摂津屋』は昔ながらの深川になくてはならない町名主だが、流れ者の入り婿《むこ》として入ってから評判はよくない。それが当代の甚四郎だ。

「公儀普請の入れ札に参加できる問屋は、入れ札の前に、予《あらかじ》め数が決まっておりま

す。それはそうでしょう。普請の規模や人員などの計画が予め、町奉行所から発せられ、それに応じることができる所しかできませんから」

「ですな……」

「しかし、此度は『摂津屋』だけでした。つまり、入れ札の前から決まっていたわけです。有力な幕閣や商人が後見人としているということです」

「なるほど。『摂津屋』には何方《どなた》か後ろ盾がいるのですかな」

「勘定奉行だった久能忠範様……隠居してからは、元服前の松之丞と名乗って、盆栽いじりだけを楽しみに余生を送っているようなのです、まるでご隠居さんのように」

八郎右衛門がニコリと笑うと、吉右衛門は手を振りながら、

「私は盆栽は趣味ではありません。まあ、料理に大工仕事、庭いじりでも溝浚《どぶさら》いでも、なんでもござれですがな」

「ですな……で、その久能様が後見人となり、さらに『閻魔屋』の主人の権之助が世話役となっている節があるのです。表向きは関わりありませんがな」

「なるほど……しかし、そのような後ろ盾があれば、文句のつけようがありませんな」

「しかし、実は甚四郎の素性はよく分からないのです。何度か茶会で会ったことがあ

りますが、『私は廻り道をして商人になった者ですから、世間の邪魔にならぬように致します』などと謙っているのが、妙に不気味です」

「へえ、幕府も一目置く深川一族の頭領、八郎右衛門さんを相手に、そりゃ褒めてやりたいですな……いえ、変な意味じゃなくて、まあ、あなたの怖さを知らないのでしょうな、まだ」

「ご隠居さんに褒められると嬉しいです」

冗談めいて八郎右衛門が笑うと、吉右衛門はいつものように、ほっほっほ……と梟《ふくろう》のような声で笑った。

「はい。八郎右衛門さんの考えは分かりました。もしかして、うちの和馬様が何か関わっているかもしれない……ということですね」

「いや、それは違う。私は深川を預かる町名主として『摂津屋』に何か不審なことはないかとね。そのことを、和馬様に……そして、遠山奉行に調べてもらいたいのです」

八郎右衛門が頭を下げるのを見ていて、吉右衛門は、この入れ札にはまだ裏があるような気がしてならなかった。

四

口入屋『閻魔屋』を通じて、普請請負問屋『摂津屋』に雇われた渋蔵《しぶぞう》という人足が、

「約束どおりの日当を払ってくれないので、なんとかして欲しい」

と小普請組支配の大久保兵部《おおくぼひょうぶ》に訴え出てきた。

それを受けて、組頭の坂下善太郎《さかしたぜんたろう》の命令もあって、和馬はかねてより人足の調達を頼んでいる『閻魔屋』を訪ねたのだ。善処するよう要請したが、それは『摂津屋』がやるべきことだと、権之助も呆れていた。

「まあ、たしかに雇い主と雇われ主の間を取り持っただけだが、おまえは世話役なんだから、話し合いの間に入《の》るべきだな」

「ですが、中にはタチの悪い者もいて、働かないくせに文句ばかり言って日当をかっさらおうとする輩もいる。ほとほと困っているのです」

「そうなのか……」

「はい。むしろ、そういう奴のことは、お上の方でなんとかしてもらいたいです」

「うむ。難儀なことだな……」

和馬は厄介事になっても、なんとかしようとしたが、肝心の小普請組支配の大久保は事なかれ主義の知らん顔だ。組頭の坂下も、

「深川一帯のことは、おまえに任せた」

と貧乏籤《くじ》は引こうとしない。

仕方なく和馬は、普請場まで見廻ったついでに、『摂津屋』まで訪ねた。和馬は事情を訊いたが、主人の甚四郎は穏やかな顔つきながら、少しふてぶてしい態度で、

「いや、そんなことはありませんよ。私は誠心誠意、人足たちの怪我や病などにも気をつけながら、日当も十日毎《ごと》に払ってます」

悪びれていない甚四郎を見て、余計に胡散臭《うさんくさ》く思ったが、和馬が立ち上げた公儀普請による無職人救済策でもある。真剣に取り組んで欲しいと切実に訴えて、

「しかし、不払いへの不満はひとりふたりではないのだ。小普請組支配には、数十人もが押しかけてきている。おまえも忙しいのは分かるが、細かいところに目配りをできないようでは信頼を失いかねないぞ」

「高山様……まるで私どもが悪いと決めつけているようですな」

嫌味な顔をする奴だと和馬は思ったが、ここは我慢をして、

「俺たち旗本や御家人は、ご公儀が江戸町人に対して奉仕をする、その先鋒役なのだ。

そこのところを分かってくれ」

「ええ？　ご公儀が町人に奉仕……逆さまではありませんか」

小馬鹿にしたような笑みを、甚四郎は浮かべて、

「とんでもございません。我々、町人こそが、ご公儀にお仕えする立場でございます」

「俺はそうは思っておらぬ。民百姓《たみ》あっての武士だ。世の中を支えているのは、おまえたち町人であり、百姓たちではないか」

「なるほど。それは立派なお考えで、畏《おそ》れ入ります……しかしまあ、うちのことで訴え出られた限りは、色々と調べて対処せねばなりませんので、『閻魔屋』さんとも相談した上で、なんとかしたいと存じます。はい」

わざとらしく甚四郎は謙ったが、和馬としては様子を見るしかなかった。

甚四郎と一緒に、権之助が高山家まで訪ねてきたのは、その二日後のことだった。

「揉め事が続くと、〝出入筋《でいりすじ》〟として町奉行所で扱うことになる。なるべく〝内済《ないさい》〟で片付けたいと思うのだがな」

当たり障《さわ》りのない言い方で、和馬はふたりを前にして言った。

傍らには、吉右衛門もちょこんと座っていて、

「深川八郎右衛門さんも、揉め事がなきようにと話しておりましたぞ」

と釘を刺した。

甚四郎は一応、深川一族であるから、忸怩《じくじ》たる思いなのか唇を噛んでいた。

「これは、言いがかりですな。渋蔵とやらに文句を言われるのは心外です」

と甚四郎は持参した普請に関わる帳簿類を差し出し、

「ごらん下さい。約束どおりの日当を払っておりますよ。普請場に一緒に行く番頭や手代、棟梁や人足頭にも話を聞きましたが……どうやら渋蔵という男は、ただ時を潰すだけ。面倒くさい仕事は他の者にさせている。つまり、怠《なま》けてばかりだったらしいのです」

「そりゃ、そりゃ……」

吉右衛門は、とんでもない者がいたものだと溜息をついた。

「ご隠居さんもそう思うでしょ。渋蔵の日当が減らされたり、不払いになったのは自分のせいです。不当なことではありません。真面目に働いている他が可哀想《かわいそう》です」

「なるほど。働いていないのに、文句だけは垂れているのだな」

和馬が訊き返すと、甚四郎はキッパリと答えた。

「そうです」

「しかし、そういう奴が何十人もいるということかな」

「でしょうねえ……」

　甚四郎は横にいる権之助をチラリと見て、

「そもそも、このようなタチの悪い人足を寄越したのは『閻魔屋』さんですから、口入れ屋として評判を落としかねませんよ」

　と嫌みたらしく言うと、権之助は頷いて、

「ですから、渋蔵については辞めてもらい、今後はうちから口入れするのをやめました」

　と強く言ったが、和馬は納得せずに、甚四郎に説明を請うた。

「それはそれとして、他にも未払いのものもあるとか」

「他の者が働いているのを煙管《きせる》を吹かしながら眺めている奴に、日当など払えますか。高山様も普請場にはよくいらして様子を見ているようですが、本当に怠け者が多いのです」

「そうとは思えなかったがな……」

「小普請組の旗本が視察に来たときだけ、真面目に働いてる振りをしてるのでしょう」

「さようか……」

和馬は首を縦に振ったものの、納得はしていないという表情で、

「渋蔵はそうだったかもしれないが、他にも同じような訴えが、大久保様に届けられているのだ。それはどう思う」

と訊いてから、甚四郎を見据えた。

「さあ……私どもでは如何ともし難いので……」

「すべては、しょうもない人足を紹介した口入れ屋が悪いと」

「いえ、悪いとは言いませんが、気をつけていただきたいと思っているのです」

「ふむ……ところで、此度の隅田川一帯の護岸普請の入れ札においては、『摂津屋』と決まったそうだが……」

「はい。ありがたいことです」

「そんな立派な『摂津屋』なのに、かような不払いなどという訴えが続くと、取り下げになるかもしれないな」

「——なんと、高山様……ですから、それは何かの間違いですよ……私どもを陥《おとしい》れようとする罠《わな》かもしれません」

「罠とは面妖《めんよう》な……」

「うちは小さな普請請負問屋かもしれません。でも、こうして入れ札に加わって、まっとうに選ばれたのでございます。きっと、うちをやっかむ者の仕業《しわざ》かと思います」

「渋蔵がやっかんで、未払いの訴えをしたとでも言いたいのか」

「としか考えようがありません」

「今や、人足たちの訴えくらいで揺らぐ『摂津屋』とは思えぬがな」

「どう言われようと何を調べられようと、私には疚《やま》しいことはありません……」

甚四郎は言いかけてから、不安そうな目になって、

「もしかして高山様……私が婿入りしたから怪しいとでも……ええ、世間の噂くらい耳に入っていますが、人の悪口を真に受ける御仁とは思っておりませんが」

「噂ではなく、事実だ。おまえは、上方ではそこそこ知られた金貸しだったそうだな」

「え、ええ……」

気まずそうに甚四郎は俯《うつむ》いたが、また毅然と和馬を見て、

「別に隠してはおりませんよ。義父や親戚一党、八郎右衛門さんだって知ってることですが、それが何か」

と居直ったように返した。

　金貸しは手元の金さえあれば、誰でもできる商売だが、正式な両替商は問屋仲間に入り、奉行所から御用札《ごようふだ》を貰わねばならない。しかし本来、金の貸し借りは自由である。とはいえ、〝五両一《ごりょういち》〟とか〝座頭金《ざとうがね》〟、〝大尽銀《だいじんがね》〟という年利六割とか八割という暴利を貪《むさぼ》る高利貸しは違法である。

　貸し主は弱い立場の者に貸しつけては、脅して回収をした。だが、それは織り込み済みで、返済できない者の妻子などを女衒に任せて売り飛ばすという、お決まりの始末をつけるのである。

「まさか、私どもがそのようなことをしていたとでも……？」

「――してたのであろう？」

　和馬は淡々と訊き返すと、甚四郎は自嘲気味に、

「まあ、多少は女衒の真似事はしたこともありますがね……誰だって、生きるためには多少の悪さはするもんでしょ」

「しないよ。俺はしたことがない」

「お武家様は黙ってても、米切手や蔵米が入ってきますから」

「だな。俺は昔のことなど責めていない……此度の入れ札について、不正があったのではないか……そう思って尋ねているのだ」

「不正って……選んだのは、お上の方ですよ。私は自分ができる普請費を出しただけです。それが不正なのですか、高山様」

怒りすら浮かべた甚四郎の顔を見ていて、今度は、権之助の方が口を出した。

「いつの世も〝談合《だんごう》〟で決まるものでしょうが、不正が罷《まか》り通っていては不公平を認めることになりませんかね。私も綺麗事ばかりを言うつもりはありません。この際、どうです、甚四郎さん……」

権之助は探りを入れるような目になって、

「高山様にも、それなりに……」

賄賂《わいろ》を渡せとでも言う口振りになった。が、甚四郎はそれこそが〝罠〟であろうと察したのか、苦笑いを浮かべて、

「高山様は今しがた、多少の悪さもしたことがないとおっしゃいました……言っておきますが、私も入れ札を自分に都合良くしてもらうために、誰かに金を払うなんてことは一切しておりませんので、悪しからず」

と言うと、今度は甚四郎を庇《かば》うかのように、権之助は和馬を見つめながら、

「ご覧のとおり、ある意味、真っ正直な男なのです。不正はないものと、私も信じておりますよ。お互い、世のため人のためになると思っているだけです」

そう援護した。

和馬は黙って見つめていたが、権之助はなぜか動揺したように、

「そうだ……もしかしたら……」

と何かを思い出したように腰を浮かせた。

「渋蔵という男を、いま一度、きちんと調べてみて下さいませんか、高山様」

権之助はふたりを交互に見ながら、

「恥を忍んで申し上げますが、近頃……私の店に、母親が現れました……高山様もこの前、チラッと見ましたよね」

「……それがなんだ」

「自分の母親のことを悪し様に言うのもなんですが、とんでもない女で……」

権之助は母親のせいで、自分がいかに卑屈で貧しい暮らしをしてきたかということを、縷々《るる》と話してから、

「もしかしたら、その渋蔵という奴は、何か企んでいるおふくろに唆《そそのか》されて、そんな申し出をしてきたのかもしれません。ええ、私を困らせるためにッ」

「渋蔵が訴えてきたのは、権之助、母親がおまえの店に現れる前のことだが？」

「だからこそ調べて欲しいのです。あの女は用意周到で、恐ろしい女なのです」

身震いしながら話す権之助を、和馬は疑り深い目で見つめていたが、それまで態度の悪かった甚四郎もまた、何を考えているのか訝《いぶか》る目つきで権之助を眺めていた。

五

北町奉行所定町廻り同心の古味覚三郎《こみかくさぶろう》が、岡っ引の熊公《くまこう》を連れて、大伝馬町《おおてんまちょう》にある『天秤屋《てんびんや》』という公事宿に来ると、主人の徳右衛門《とくえもん》は苦々《にがにが》しい表情になった。

古味がいきなり『閻魔屋』権之助の母親の名前を告げると、

「お糸さん……ああ、うちに逗留しておりますよ」

徳右衛門は手代に呼びに行かせ、二階から下りてきたお糸は古味を見て、

「——何事でしょうか……」

と怯《おび》えたような目になった。年増ではあるが、かなりの美形で色艶もまだ残っていた。古味はジロリと舐め廻してから、

「どうして『閻魔屋』をうろついているのだ」

「え……？」

「迷惑だそうだ。おまえとは色々とあったそうだが、何が狙いだ」

「いいえ、私は何も……」

お糸は公事宿の主人に救いを求めるような顔になった。公事宿の主人は、公事師として訴訟の代理や今の〝弁護士〟の役割もある。

徳右衛門は訝しそうに目を細めたが、古味を上がらせて、お糸の部屋に通した。お糸は年の割には艶やかな黒髪で、顔だちも美しいし、若い頃はさぞや男泣かせだったのではなかろうか。

「あんな立派な息子がいるのに、不仲ってのも、やるせないな」

傍らでは、熊公が十手《じって》を弄《もてあそ》ぶようにして見ている。部屋の中をさりげなく見ていたが、荷物も少なく、男と一緒だという様子もない。

「今日は、さる旗本の頼みで来たのだが……実は前々から、俺も『閻魔屋』のことが気になっていたのだ。しかも、『摂津屋』という普請請負問屋とともに大儲けをしてな……しかも入れ札まで勝ち取った」

「はあ……それが何か……」

訝しみながらも、お糸は真顔になって、

「もしかして、権之助に、私の身の周りを探れとでも言われたのですか」

「分かっているなら話しは早いが、狙いを訊きたい。俺は廻りくどい話は苦手《にがて》なんでな」

「………」

「俺にはもう二親《ふたおや》がいない。孝行したいときに親はなしってやつだ。だが、権之助はおまえに孝行どころか、恨みを持ってるようだ。そんな奴なら、たとえ母親でもうろつかれたら嫌だろうぜ」

古味がはっきりと言うと、お糸も忸怩たるものを感じたのか、瞼《まぶた》を閉じて、

「ええ……あの子には、本当に酷《ひど》いことをしましたよ……」

と深い溜息をついた。

「私も生きるのに必死だっただけなんですけどね……あの子には恥ずかしい思いをさせた……私はね旦那……一時期、女を売って暮らしていたんですよ」

と懺悔《ざんげ》でもするように訥々《とつとつ》と続けた。

「権之助の父親は病がちで、倒れてからは仕事が上手《うま》くいかなくなって、自棄《やけ》酒の毎日。そのうち体を悪くし死にました。私は働きに出るしかなくて、ある油問屋で下働きしていたんだけれど、それでは暮らしてゆけず、女だてらに普請場で働いたりもしてた」

「………」

「そんな私を、別の商家の主人が見初《みそ》めてくれてね、月々の手当を貰って、身の周りの世話をしたり、店の手伝いをしてたけれど、つまりは〝囲い女〟だった……それが、躓《つまず》きのもとで、後は転がるように……まだ若かったから宿場町で飯盛り女の真似事もして、それでもまあ、暮らしていく金は稼げた」

「その間、権之助は一緒だったのか」

「ええ、ずっとです……父親もおらず、母親は売春まがいの女だから、恥ずかしかったのでしょう……十二になったとき、自分から『淡路屋』という口入れ屋に奉公して巣立ちました……きっと一日でも早く、私から離れたかったんでしょうね」

「それから会ってないのか」

「二、三度は……でも、ほんの少し言葉を交わしたくらいです。どうして、私のことが嫌いなのか、それすら教えてくれなかった」

　少し沈黙したとき、熊公が十手で膝を叩きながら声を挟んだ。

「……母親ってのは身も心も綺麗なものだと思ってるからな……父親でないよその男の世話になってるのが、たまらなかったんだよ。俺もそんな思いをしたことがある」

「ほう、そうなのか。初めて訊いたぞ」

　古味が意外な目で見やると、熊公は大きな体なのに子供のように、

「そんなの見たかねえんですよ。それに……母親のことを自分では助けてやることもできねえ、そんな腹立たしさもあったんじゃねえのかな。だから、あんたから離れたかったのかもしれねえな」

「——そうですかねえ……だったら、何年かぶりに会ったんだから、もっと懐かしんでくれてもよさそうなんだけれど」

寂しそうな目で俯いたお糸の姿に、古味はふと惹《ひ》かれそうになった。不思議な魅力がこの年増にはあるようだ。

「姐《ねえ》さん。あっしです」

と声があって、遊び人風の男が障子戸を開けて、入ってきた。まだ三十前の若さが弾けている日焼けした顔だった。まさか町方同心がいるとは思っていなかったのであろう。驚いた顔になって、遊び人風は引き下がろうとしたが、

「いいよ。入りなさい」

とお糸が声をかけた。頷いて部屋の片隅に控えた遊び人は、バツが悪そうに膝をもじもじとさせて正座をしていた。古味はチラリと見てから、

「事情は分かった。だが、母親なら、息子が嫌がってんだから、身を引くんだな。遠くから黙って見ててやるのも愛情だぜ」

古味はそう言うと、熊公に「おい」と声をかけて立ち上がった。見送りに徳右衛門もついて部屋から出たとたん、遊び人風はあぐらをかいて、お糸に言った。

「同心や岡っ引が、なんだってまた……」

「権之助が頼んだんだってさ」

「──権之助が……？」

遊び人風は俄に顰《しか》め面になったが、お糸は遊び人風にさりげなく寄り添いながら、

「権之助はああ見えて、情にほだされてきたってことかもしれないねえ」

「む……なんだか妙な風向きだな……」

そっとお糸の肩を抱きながら、遊び人風は剃刀のような目をさらに細めた。

「どうしたんだい、渋蔵。そんな恐い顔をしてさあ」

渋蔵と呼ばれた男は、眉間に皺を寄せながら首を傾げ、

「俺は、あんたに命じられたとおり、『閻魔屋』を通じて『摂津屋』の普請場に潜《もぐ》り込み、あれこれ言いがかりをつけた上で、小普請組支配に訴え出たんだが、おかしいな……」

「何がだい」

「権之助と『摂津屋』甚四郎は、小普請組の高山って旗本に会って、俺のことであれ

これ問い詰められたらしい」

「…………」

「『閻魔屋』と『摂津屋』の繋がりは、まだ誰も暴いちゃいねえが……もっとハッキリと脅してみた方がいいんじゃねえかな。あんたの息子だけあって、権之助もなかなかの悪党だぜ」

「だと面白いんだけどねえ。あいつは、泣きべそのグズだ」

「あんたと離れてから、強くなったのかもしれねえよ。世間に揉まれてな……でねえと、こっちがやられるかもしれねえ」

「どういうことだい」

「二、三日前から、妙な連中が、俺の周りにもうろうろしてるんだ」

渋蔵が立ち上がって障子窓を少し開くと、表通りや路地に、怪しげな浪人や遊び人がぶらぶらしている。時折、この公事宿の二階を見上げているようだ。

「そろそろ、腹をくくった方がよさそうだな、姐さん」

ギラリと光る渋蔵の目を見て、お糸もギラついた瞳で頬を引き攣《つ》らせた。

そんな様子を――立ち去ったふりをした古味と熊公が路地から窺っていた。話が聞こえたわけではないが、遊び人風のことを怪しんで顔を見合わせた。

六

お糸が『閻魔屋』の前に姿を現したのは、その翌日の夕暮れだった。すると浪人者がふたり、お糸の前に立った。いずれも無精髭《ぶしょう》の痩せ浪人だった。

ぶつかりそうになったのを避け、通り過ぎようとすると、痩せ浪人はお糸を前後で挟むように身構えて、

「ちょいと、付き合ってもらおうか」

「なんだねえ、藪《やぶ》から棒に」

「渋蔵も先に行ってる」

「えっ……？」

驚いたお糸に、浪人は有無を言わさぬとばかりに、刀に手をあてがった。

「な、何をしようってのさ」

「来れば分かる。おい」

路地に向かって声をかけると、駕籠《かご》舁《か》きが出てきた。浪人たちは、お糸を強引に乗せようとした。

「悪いようにはせぬ。さる御仁と話をしてもらうだけだ」

「なんだい……なんの真似だい」

「おまえにとっても悪い話ではないと思うがなあ」

「…………」

抗《あらが》ったところで斬られては元も子もない。お糸が言われるままに駕籠に乗り込むと、勢いよく駆け出した。やがて止まったので、さほど遠い所ではなさそうだった。地面に下ろされて駕籠の簾《すだれ》が上げられると、目の前は江戸湾が見える瀟洒《しょうしゃ》な庵《いおり》のような武家屋敷だった。

松などの庭木の間を抜けて、茶室のような一室に通されたお糸は、金屏風を背にしている隠居ふうの武家の姿を見て、妙に懐かしい気持ちになった。

「あっ……」

お糸は微《かす》かに声が洩れたが、息を呑み込んだ。脇息に凭《もた》れながら酒を飲んでいるのは、久能であるが、お糸はまだその身分も身許も知らない。

久能は浪人たちに席を外させた。そして、近くに寄って酌《しゃく》をしろと言ったが、お糸は用心深そうに見ているだけだった。

「色々とおまえのことを調べた。中には儂の知人がえらい目に遭ったようだ……相当な毒婦だな、おまえは」

「おやまあ。何を調べなさったと？」

近づいたお糸は、高膳の銚子を手にすると、久能の杯に注いだ。

「男を誑かし、唆《そそのか》し、酷いときには廃人になるほど翻弄《ほんろう》し、心と体、そして財をすべて吸い尽くした。違うかッ」

語気を強めた久能を、お糸は間近でまじまじと見つめて、

「あなたは一体、どなた様です？　人のことを、あれこれ詮索する前に、名乗って欲しいものですねえ。しかも、無理矢理、連れてこられて、あたしゃ何をされるか、恐くて仕方がありません」

「聞きしにまさる悪女よのう。まったく恐がってなんかおらぬくせに」

「いいえ、恐うございます。名も知らぬ、初めて会った殿方に惚れてしまいそうで」

射るような鋭い目の奥に、妙に色っぽい光が洩れている。久能は苦笑を浮かべて、

「その手は食わぬ。儂は、〝縁切り松〟と呼ばれる男でな。折り入って、頼みがある。おまえにとっても悪い話ではない」

「いきなり、何でございましょう」

「息子が営んでおる『閻魔屋』には、二度と関わるな」

「権之助の店に……」

「さよう。ここに百両ある。親子の手切れ金とすれば悪くないと思うがな」

久能は切餅を四つ並べて差し出した。お糸はそれを見もせずに、

「〝縁切り松〟とか申されましたかねえ。私も聞いたことがあるような気がしますが、金で方《かた》をつけるってことですか」

「これでは不服か」

「申し訳ありませんが、私と権之助はそんな仲じゃありません。とうの昔に縁を切っていますよ。何年かぶりに会っただけでございます」

「二度と会いたくないと言っている。何度も店に来られては困ると」

「同じことは権之助にも言われましたがね。年を取ったせいか、腹を痛めて産んだ、たったひとりの息子が恋しくて……ただ、顔を眺めていたいだけなんです」

「そんな玉ではなかろう」

ギラリと睨みつけた久能は、さすが幕府の要人を務めていただけあって、人を威圧するには十分な迫力があった。それでも、お糸は鼻白《はなじろ》んだ顔になるだけだった。

「俺の親友に、曽我部拓磨《そがべたくま》という者がおった。一橋《ひとつばし》家の家老だ。屋敷はすぐそこにある……覚えがあろう」

お糸は首を傾げて素知らぬ顔をしている。

「おまえに入れあげた挙げ句、おまえを奪い合った浪人を斬ったがために、切腹をして果てた。もう十年余り前のことだが、まさか、その相手がおまえとはな……」

「さあ……」

「では、日本橋の茶問屋の主人はどうだ。おまえに貢《みつ》いだ上に、無一文になった挙げ句、殺されて、神田川《かんだがわ》に沈められたそうだのう……むろん、おまえが殺したのではあるまいが、殺しを唆した罪は重いぞ」

「おやまあ……あなた様は作り話がお好きのようですねえ」

「他にもまだまだあるようだが、そのようにして金を手にして一体、何に使ったのだ……惚《とぼ》けても無駄だぞ……おい」

隣室に声をかけると、襖が開いて、先ほどの浪人ふたりが、縄に縛った渋蔵を引きずるように連れてきた。渋蔵の顔は醜く腫れ上がっており、着物がはだけた胸や腕、足などにも、かなりの拷問を受けたのであろう、痛々しいみみず腫れや切り傷があった。

それを見ても、お糸はまったく動揺を見せず、これは誰だという顔をして、

「困りましたねえ……旦那様は一体、私に何を言いたいのです」

「こいつは、すべて話したぞ。おまえがこれまでしてきたことも、『摂津屋』を陥れて、『閻魔屋』もろとも潰してしまおうという魂胆もな。どうだ、畏れ入ったか」

「…………」

「そこまでやる訳は何だ。『閻魔屋』を乗っ取るつもりか。それとも、母親に情けを見せぬ息子に対する嫌がらせか」

責め立てるように言う久能に、お糸は微笑みながら答えた。

「あなたと同じですよ」

「――なに……？」

「気に入らない者は悉《ことごと》く追いやる。そうやって出世をしてきた。〝縁切り松〟なんぞと洒落《しゃれ》て言っているつもりかもしれませんが、所詮は人殺しじゃないですか」

居直ったように言うお糸に、久能は初めて表情が動いた。

「勘定奉行を辞めてからは、そんな稼業をやってたんですねえ、久能忠範様」

久能は眉をぴくりと上げて、

「――儂のことを知っておったのか」

「人のことをあれこれ詮索するより、『閻魔屋』から賄《まいない》を貰って、『摂津屋』に便宜を図るなんて、相変わらず阿漕なことをしているのは、そちらじゃありませんか」

　ギクッと久能がお糸を突き放すと同時、浪人たちは刀に手をかけた。薄笑みを浮かべたまま、お糸は怯《ひる》むことなく続けた。

「殺したきゃどうぞ。私が死ねば、すべてを小普請組の高山様……いえ、そこのご隠居、吉右衛門さんに届ける手筈になってます。言っている意味が分かりますよねえ……」

「…………」

「あなた様の旧悪も暴かれ、穏やかなこの暮らしもお終いです。ご存じとは思いますが、高山家の吉右衛門さんは、何方《どなた》かご存じですよねえ……おや、知りませんでしたか……ふん。深川に住んでいながら、それも知らないのですか」

「…………」

「こっちも、それくらい調べておかないと、稼業が成り立たないのでございますよ」

「なるほど。おまえひとりが為していることではなく、そういう一味がいるというのだな」

　武家や大店《おおだな》の醜聞を嗅ぎつけて、その解決をしてやるという理由のもとに、金銭をたかる輩である。当然、お糸だけで危ない仕事ができるわけがなく、組織だってやっているのであろう。そのような後ろ盾や仲間がいるにしても、妙に肝《きも》っ玉が据わっていると、久能は感じた。

「どうせなら、旦那様……同じ匂いのする者同士、手を組みませんか？　『閻魔屋』や『摂津屋』如きのために、人生を棒に振ることはないと思いますがねえ」

「息子がどうなってもよいのか」

「好きでもない人の子ですよ。親の借金のせいで、産んだだけですよ」

「それでも、自分の腹を痛めて……」

「そんな綺麗事は妄想。私は産み落として、せいせいした。後は知ったことじゃない」

ころころと言うことが変わるお糸という女に、久能も不気味さを感じた。

「母親らしさは欠片《かけら》もないようだな……どうしたら、そういう女になれるのか、不思議だ。権之助が何か悪いことでもしたか。おまえから離れて、奴はひとりで頑張って生きてきたのではないか。そのたったひとりの息子を、何故、潰さねばならぬのだ」

「さあねえ。金蔓《かねづる》になるなら、親も子もないだろうさ。あいつが……」

お糸は憎々しい顔になった。感情を初めて露わにした。

「権之助が……私を見て、二度と現れるなと言ったとき決めたんだ……そんなに嫌いなら、こっちもその覚悟で見返してやろうってね……私は本当にただ、顔を見に行っただけなのにさ」

「可愛さ余って憎さ百倍ってことか」

「ふん。可愛くなんぞありませんよ。ただただ、憎たらしいだけさね。あいつの父親と一緒にさせられてさえいなきゃ、あいつが生まれてこなきゃ、私は幸せに暮らせたんだ」

「随分と歪んでるな」

「そうですかねえ。世の中で、まっとうに汗水たらして働いている奴らの方が、おかしいと思いますがね。あなただって、そう思ってるから、濡れ手で粟《あわ》で儲けまくってたんだろう？」

抉《えぐ》るような目で睨み上げるお糸を、久能はじっと見つめ返して、

「そこまで腹が据わってるのなら、儂が権之助を始末してやろう。その上で、お互い手を結ぼうではないか」

「いいですねえ。ぜひ、そう願いたいものですよ」

ころりと寝返った久能に、お糸は満足そうな笑みを向けると、また寄り添って、酒を注いでやるのだった。

そんなやりとりを——なぜか、吉右衛門が隣室で聞いていた。

七

富岡八幡宮の参道にある蕎麦《そば》屋の二階座敷の片隅では、和馬が揚げたての天麩羅《てんぷら》を美味《うま》そうに囓《かじ》っていた。

その前で、吉右衛門は少しばかり酒を舐めながら、

「いやあ、参りました。あれほどの毒婦、私は長い人生で見たことがありません」

「そうか……よほど何か辛いことがあったのであろうな」

「和馬様は優しいですな。この話を聞いても、お糸とやらの味方をするのですか」

「味方はせぬ。どんな善人でも、何か悪さをするには事情があるということだ。おまえが俺に教え諭《さと》していることではないか」

「いや、それにしても、酷い母親がいるとは……人の子を食い散らかしていた鬼子母《きしも》神《じん》でも、自分の子にだけは情けがあったのに……恐ろしいことですな。権之助が〝縁切り松〟に頼んでまで、関わりを絶ちたかった気持ちが分かります」

「おまえ、どうして、そのことを……」

「それを私に訊きますか？」

「――ま、いっか……」

和馬は食べかけの天麩羅を、めんつゆにつけてからまた食べながら、

「俺は母上を早くに亡くしているから、母親を慕っているが、このご時世、赤ん坊でも殺す母親もいるからな。とんでもない世の中になったものだ」

「で、どうなさいますか？　黙って見ていては、権之助が殺されるかもしれませんぞ……しかも、〝縁切り松〟は、元は勘定奉行の久能様。どうします」

和馬はそれを聞いても、さほど驚いた様子もなく、

「縁を切るだけならよいけれど、手っ取り早いのが殺しとはいかんな」

「では、どうしますかな、和馬様」

「さあ、どうしたものか」

和馬が繰り返すと、吉右衛門は淡々と、

「私はね、〝縁切り屋〟が悪いことだとは思いませんよ。誰でも嫌な昔や人との繋がりを断ちたいことはあるでしょう。ですが、そのために殺しをするようなことは、決して許してはいけません」

「――そうだな……俺はこう思う。久能様の悪事を表沙汰にしたら、『閻魔屋』も『摂津屋』も潰せるのではないか」

「ですよね」

「でも、母親と権之助の感情はすれ違ったままに終わってしまうかもしれない」

「それが気になりますか、和馬様も……」

「まあな……」

「ですが、お糸という女は一筋縄ではいきませぬぞ。久能様だって尻込みするのですからな。他にも何か曰《いわ》くありげでしたし」

穏やかなまなざしながら、詰め寄るような言い草に、和馬は少し戸惑って、

「またぞろ吉右衛門、おまえは余計なことをしようとしてるな」

「和馬様も同じことを、お考えでございましょ？　それくらいのことは分かります」

「しかしな、〝縁切り松〟が人と人の縁を切るならば、人の縁を大切にして、絆《きずな》を結ぶのは、吉右衛門……おまえの十八番《おはこ》ではないか。なんとかしてやれ」

「言うは易しですよ……ハハハ」

「人には血縁、地縁の他に、不思議な縁がある。吉右衛門と俺だって、生まれも育ちも違うのに、毎日、同じ屋敷に住んで、同じ飯を食ってる。世の中ぜんぶが、そういうことになれば、みんな幸せ。だから縁を大切にしなければな」

「ですな」

「その一番の絆が、臍《へそ》の緒で繋がる母と子の絆なのではないのか」

「なるほど。和馬様もたまには、良いことを言いますな」

吉右衛門はシタリ顔で微笑んで、

「悪い奴を懲《こ》らしめるのが、旗本の務めではありませぬ。今、和馬様がやっているように、江戸の人々が平穏無事に暮らしていけるためにあるのですからな」

と今度は説諭するような口調になった。

「和馬様は小普請組としてやらねばならないことが沢山あります。今まで少なからず公儀普請について、仕組みを変えて作ってきましたよね」

和馬も何もかも承知していると頷いたが、吉右衛門は微笑んで、

「そうでございましょ？」

「ああ。『閻魔屋』はまだマシな方かもしれないな。酷い口入れ屋が蔓延《はびこ》れば、人が人として扱われない。『摂津屋』に限らず、賄を渡してでも、公儀普請を請け負おうとして不正が行われる……それを正すには、ご公儀が……つまり小普請組が口入れ屋をするしかないと、少なからずやってきたのだがな」

特に公儀普請については、キチンと対応しなければ、口入れ屋や普請請負問屋が組んで、酷い条件で人足を扱《こ》き使うことになる。しかも、正式に雇っていなければ、普

請場で怪我をしたり、不測の事態で病になったとしても、何の保障も受けられない。

　和馬は、小普請奉行や小普請組支配、組頭たちと協議をした上で、公儀普請、町名主など町入用《まちにゆうよう》による修繕などについては、口入れをすることに決めていた。それを下達《かたつ》するには、江戸市中で行われている口入れ屋の実態を調べて、未払いや不正を明らかにし、さらに町奉行の許しを得てから事業を行う。そのためには、日数がかかるから、当面は〝御用札〟のある口入れ屋は、小普請奉行の下請けという形で営ませるしかなかった。

「少しでも改善すれば、日当稼ぎの人足が不正な〝ピンハネ〟や不払いなど酷い扱いをされることはないし、危ない普請場も減らすようにできるというものだ」

「もしかして、和馬様は……『閻魔屋』とは仲良くしていると見せかけて、初めから怪しいと目をつけていたんですか？」

　吉右衛門が尋ねると、和馬は首を横に振って、

「いや。権之助は賄賂などを渡している節はあるが、人として悪い奴ではない。公儀普請のほとんどを、『閻魔屋』を通させたのは、俺の責任でもある」

「…………」

「だから、気にはなっていたんだ。俺も知らぬ仲ではないから、時折、様子を探って

はいたのだが、まだ公儀普請が決まっていない段階から、人足集めをしていたのは、後ろに誰かがいるのであろうとは勘ぐっていた」

「案の定、おりましたね」

と吉右衛門はニンマリと笑った。

久能のことを指していることは、和馬も察している。

「ああ。それと気になるのは……権之助の母親が、色々な男を誑かして、大層な金を手にしているにも拘わらず、今や暮らしに困ってるとしたら何に使っていたか……だ」

首を傾げて和馬が溜息をつくと、

「たしかに気になりますなあ……」

と吉右衛門も不思議そうな表情になった。ふたりとも、いち早く、久能を追い詰めたいという思いが湧き上がっていた。

八

月もない小雨の深夜のことである。

コツコツと『閻魔屋』の表戸が叩かれた。潜《くぐ》り戸を開けた番頭に、

「俺だ……久能様から火急の用ゆえ、参れとのことだ。権之助にそう伝えろ」

と浪人が顔を近づけて見せた。お糸を久能の屋敷まで駕籠で連れていった浪人だ。

すぐさま、権之助は羽織を着て、久能の屋敷まで小走りで行ってみると、路地から
ふいに現れた別の浪人が、いきなり斬り込んできた。

アッと咄嗟に避けたために、微かに肩口を掠《かす》めただけだったが、権之助は仰向けに
倒れて悲鳴を上げた。

「だ、誰だッ！」

辻灯籠《つじどうろう》の灯りに浮かんだ顔は、浪人の顔で、もうひとりの仲間の浪人もいる。

「あ、あんたたち……どういうことだ」

「久能様というより、おまえの母親に頼まれたのだ」

「なんだって……!?」

驚きに目を見開いて、立ち上がろうとする権之助に、浪人はもう一度、鋭く刀を振
り下ろしてきた。が、ふいに一陣の風が吹いたかと思うと、黒い影が一瞬にして近づ
いてきて、切っ先を弾き上げた。

「店に帰って、しっかりと心張り棒を掛けておけ」

刀を構えてズイと前に出てきたのは、和馬であった。暗がりの中で、微かに辻灯籠に浮かぶ顔を、権之助はまじまじと見て、

「た、高山様……！」

「久能はおまえを裏切った。早く帰って、心張り棒を掛けておけ。誰が来ても決して出るな。いいな」

背中で押しやるように言うと、斬り込んでくる浪人と一閃、二閃、刃を交えてから、和馬は相手の小手を斬り、肩を斬り裂いた。

「うわっ。引け、引け！」

逃げようとするふたりの前に、古味と熊公、そして御用提灯を抱えた捕方が数人、押し寄せてきて、

「北町の者だ！　御用だ！　観念せい！　何故、『閻魔屋』を襲ったか、奉行所にて篤《とく》と聞かせてもらおう！」

古味が怒声を発すると、逃げ惑う浪人ふたりを熊公が殴り倒し、捕方たちが一斉に飛びかかって縛り上げた。抗おうとするのを、熊公が丸太のような腕で、さらに叩きのめした。

数日後――。

和馬は、『閻魔屋』を訪ねて、権之助の顔を見に来たが、

「今日は誰とも……助けてくれた高山様でも会いたくないそうです……」

と番頭の巳之助が言った。母親から刺客を向けられたという衝撃で、奥座敷に籠もったままだという。

「ならば、せめて、母親が処刑をされる前に会ってやってはどうかと訊いてみてくれ。お糸は、北町奉行所の牢部屋に預けられている。遠山様には俺が話をつけてある」

和馬が様子を探ると、しばらくして巳之助が戻ってきて、

「やはり、母親とは二度と会いたくないそうです」

「そうか……ならば、ここに、母親の遺書があるから、渡してやってくれ」

「遺書……」

「読むだけでも読んでやったらどうだ」

「…………」

「嫌ならば、持ち帰る」

巳之助は少し考えて手を出した。

「俺も小普請旗本として、権之助とは付き合いがあるから、何か手助けができぬかと思っていたが、母子のことには何もできぬ。しかも、理由はともかく〝縁切り松〟な

る者に頼んで、我が子を消そうとするとは、救いようがないと思うがな」

和馬は突き放すような言い方をして、

「俺は牢屋敷にて、古味の旦那と一緒に、お糸の最期を見届けることになっている。権之助の代わりだと伝えてくれ」

その足で、北町奉行所に来た和馬は、古味の立ち会いのもと、お糸と会った。紅もさしていないので、年相応の女に見えたが、憂いを帯びた瞳だけは煌《きら》めくほど潤っていた。

会ったこともない旗本がなぜ最期の別れに来たのかと、不思議そうな顔のお糸に、和馬は優しい声で、

「権之助には、公儀普請のことで、沢山世話になったからな」

「――さいですか……」

「息子の代わりに見送りに来た」

お糸は蓮っ葉な感じで和馬を凝視しながら、

「うちの息子よりも、若いようだけど、随分と偉いご身分なんですねえ」

「随分と、権之助には助けてもらってきた。お陰で、江戸の普請は恙《つつが》なく進んできた。権之助もやり甲斐があると常々話しているよ」

和馬も格子の中のお糸を見つめ、

「どうして捕縛されたか、牢屋敷に入れられたか、その訳は承知しているな」

「ええ、まあ……最後の最後に、私も油断して、しくじったわけです」

「しくじった……」

「さいです。絶対に人を信じるなと肝に銘じていたのですがね……行く場がなくなると、つい信じてしまいました」

「──久能忠範……のことだね」

「何もかも、ご存知なんでしょ。この期に及んで、私に何を聞きたいのです。町奉行様には、何もかもお話ししましたけれどね」

もうどうでもよいという目で、お糸は和馬を見ていたが、無念そうな表情になって、

「私はねえ、高山様とやら……久能様を誑かして、もう一《ひと》儲けした上で、久能様の不正を洗いざらい暴いてやろうと思っていたのですがね……はは、相手が悪すぎました。いいえ、私も焼きが廻ったのかしらね」

と自らを嘲《あざけ》った。

和馬はそうかと頷いてから、

「久能様なら、辰ノ口評定所《たつのくちひょうじょうしょ》にて、早速、吟味の上、裁きを受けているところだ

と思う。おまえがバラさなくても、それこそ閻魔様は見ていたのであろう。悪いことはできぬものだな」

「あら、そうですか。それはようござんしたねえ」

他人事のように言って、お糸は愛想笑いをした。和馬は真顔のまま、

「随分と色々な苦労をしたようだな。渋蔵という奴とのことも古味の旦那は調べたぜ」

「さあ、忘れました」

「──俺には分からないことが、ひとつだけあるのだが、教えてくれぬか」

「なんでしょう」

「町奉行所が調べただけでも、五千両あまりの大金を、あんたは金持ちの男から集めたことになるらしいが、それは一体、何に使ったのだ」

「同じことを遠山のお奉行様にも訊かれましたが……答えても詮無《せんな》いことだから、何も話しませんでした」

「…………」

「だから、あなたに話してもしょうがないことですよ」

お糸はそう言って面倒くさそうに背を向けた。

「俺もお白洲の様子は、この古味の旦那から聞いてるが……そこんところを曖昧にしたまま裁決する遠山奉行も如何なものかな、そう思ってな」

「どうしてです」

「事件の真相をすべて明らかにしないまま、おまえを死罪にするのは、奉行所としてはいささか拙速だと思ってな」

「ふん……あなたは小普請組なんじゃないのですか。私は旗本だのお役人のことはよく知りませんがね」

背を向けたまま、お糸は問いかけを拒んだが、それでも和馬は訊いた。

「本当は何に使ったのだ？」

「さあねえ……」

「話せば、金を与えられた側にも迷惑がかかる。騙して取った金だと分かれば、持ち主やその親兄弟に返さねばならぬ……だから、話さないのではないのか？」

和馬は親切めいて話しかけたが、お糸はわずかに気色ばんで、

「おやまあ。騙して取ったとは心外ですねえ」

と振り返って睨んだ。

「まあ、この際、どう思われてもいいですがね、私は騙《かた》りをしたり盗みをしたりした

ことはありませんよ。正直なところ、どうして、こんな所に入れられたのかも分かりません」

「ならば、それをお白洲で言えばよかった。騙りでも盗みでもなく、男が勝手にくれたものだとな」

「…………」

「まだ結審した訳ではない。明日からも何度か尋問はあるから、正直なところを答えるがよかろう……俺は遠山様に、おまえの助命嘆願を出しておいた」

少し驚いた顔になったお糸だが、素っ気ない声で言った。

「――まあ、お節介ですこと」

「おまえは手に入れた金のほとんどを、名を伏せて、養生所や町医者、親のない子を集めた寺子屋や貧しい長屋、身寄りのない年寄りなどに渡していたよな。故郷の上州の方で、自分で造った施設もあるとか」

「!?……どうして、そのことを」

目を丸くするお糸に、和馬は淡々と言い返した。

「俺も小普請組だからな、江戸のみならず関八州のあちこちは、色々と調べることができる。むろん、久能様は元は勘定奉行だしな。関八州は支配地で、手下は幾らでもいる」

「………」

「その手下の中には、おまえに金品を恵まれたり、お救い小屋で救われた者もいるとか……何処の誰かは分からないが、此度の一件で改めてもっと調べてみたいと思う。それまでは、奉行所も結審できまい」

お糸は表情を曇らせて、俯いてしまった。

「もしかして、おまえは子供を捨てた懺悔のつもりで、人知れず善行を施してきたのではないのか？」

「子供を捨てた……」

ドキリとなった顔を、お糸は和馬に気取られぬようにと逸らした。

「産んだ権之助のことを、複雑な思いがあって、心から好きになることができなかった。慈愛を持って接することができなかった。その鬼夜叉《おにやしゃ》のような気持ちに耐えられず、善行をすることで、許されたいと考えた。そのためならば、好きでもない男を籠絡して金を得ることは、正当なことだと思っていた……違うか」

「──違いますね」

ほんの一瞬、迷ったように目が泳いだが、お糸はきっぱりと答えた。

「私はひとりで生きていくために、男を誑かしてきただけです。でも、女ひとり生きていくのに、かかる金は知れてる。だから、余ったものは、くれてやったんだ」

「くれてやった……？」

「だって、世の中、金持ちのところにしか金は集まらない。それでもって、お上は貧しい所には金を廻さない。貧しい者は、ずっと貧しいままだ。底なし沼にはまって、藻掻《もが》くこともできずに、ずるずると沈んでいってしまうんだ……私の亭主がそうだった」

「…………」

「だけど、誰も助けちゃくれない……だから、私は私なりのやり方で生きてきただけさね……それの何処が悪いのかねえ」

相変わらず悪びれる様子はないお糸だが、和馬はその心の奥には、小さな灯りがあって、救いを求めているように感じた。

「貧しさを乗り越えるのは、富じゃない、金じゃない。正しい心なんだ」

和馬ははっきりと言った。

「正しい心……」

「そうだ。残念ながら、権之助も根っこは、おまえと同じようだ。金がすべてを解決してくれると考えた。だから、表向きは善人を装ったけれども、裏では久能のような奴と不正を共にした」

「…………」

「まだ、心の中に、やり直したい気持ちがあれば、ここまで来るはずだけれどね」

「え？」

「おまえが奉行に預けた権之助への遺書は、俺がきちんと届けておいた。だがな、人を騙したかもしれないが、おまえは誰かを殺したわけではない。お奉行にはお慈悲があると思うぞ」

そう言って、和馬が立ち去ろうとすると、お糸は叫んだ。

「違う！　私は人殺しだ！」

「え……？」

「人殺しなんですッ。最初の亭主を……あの子の……権之助の父親を殺したのは、この私なんですよッ」

意外な言葉に和馬は凝然と振り返った。

「亭主は病死なんかじゃない……たしかに病で苦しんだけれど、もうどうしようもなくなって……どうしようもなくなって！」

お糸は頭がおかしくなったように、全身を震わせながら、

「私が引導を渡してやったんです……殺してくれと、亭主が頼んだから……そして、私もそれを望んでいたからッ……」

「…………」

「そのとき、あの子は……きっと何処かから見ていたんです……だから、私のことを許せなかったんです……お互いずっと黙っていたけれど、ふたりにだけは分かっていたことなんです。だから、あの子は私に……」

会いたくないのだと叫ぶように言った。そして、込み上げてくる怒りとも悲しみともつかぬ声を絞り出すように、

「――高山様……あなたはまだ若いから甘っちょろいこと言うけど、世の中にはね、正しい心を持てと言われても、持てない人がいるということも、忘れなさんな……綺麗事だけの世の中じゃないんですよ」

とお糸は言って、また不気味な笑みを浮かべて和馬を見上げた。

何処か遠くで煩悩を打ち払うような鐘の音が鳴った。ただの暮れ六つの鐘である。だが、和馬には、どこか江戸ではない何処かで鳴っているように聞こえていた。

「それでも正しい心を持たねばならないんだ。人として生きていくなら」

和馬は揺るぎのない瞳でお糸を見つめ続けた。

翌日も——。

高山家には、いつものように近所の子供たちが集まって、

「腹減ったあ、飯まだかあ！」

などと騒ぎながら遊んでいる。その幼気《いたいけ》な姿を眺めながら、吉右衛門はまるで炊き出しのように握り飯や味噌汁を作っていた。

食うに困ってきているわけではない。高山家はいつの間にか、遊び場になっているだけのことだった。だが、ここに子供が預けられている間に、親たちは安心して仕事に出かけたり、家事ができる。

吉右衛門の姿を見ていて、和馬は声をかけた。

「はいはい。なんですかな……」

「どうやら、『閻魔屋』と『摂津屋』は今後、公儀の普請からは外されるようだ。口入れ屋や普請問屋の鑑札も取り上げられるらしい。それから、久能様にも処罰があるとか」

「さいですか」

「で、お糸のことだがな……」

「もういいんじゃないですか。遺書に何が書かれていたか知りませんが、鈴ヶ森《すずがもり》の刑場まで、権之助は見送りに行ったのですから」

淡々としたいつもの吉右衛門は、やるせない顔をする和馬に言ってから、また子供らとふざけ合いながら遊ぶのであった。どこからともなくしょっぱい海風が吹いてきて、一陣の竜巻のように舞い上がった。

第二話　長い影

一

蒸し暑い日が続いている。隅田川の花火が開く時節も過ぎて、秋風が吹いてもよさそうなのに、土埃《つちぼこり》が舞い上がる江戸の路上には陽炎《かげろう》さえ浮かぶようであった。

水不足のせいか、大横川、竪川《たてかわ》、小名木川《おなぎがわ》、仙台堀川《せんだいぼりがわ》なども水位が下がって、中川《なかがわ》船番所も川船が通れなくなったと大騒ぎであった。このままでは江戸への流通の影響もある。江戸市中の堀川《ほりかわ》が干上がってしまうのではないかと思えるほどの暑さだった。

打ち水すら勿体ないから、多少の臭いは我慢して、下水の水を撒いたりしていた。

ある商家の小僧が、おんぼろの柄杓《ひしゃく》で掬《すく》った溝水《どぶみず》を、たまたま通りかかった商家の旦那の裾にかけてしまった。

「あっ。申し訳ありません。も、申し訳ありません」

懸命に謝《あやま》りながら、手拭いで濡れた裾を拭こうとすると、商家の旦那はサッと小僧の手から柄杓を取り上げて、コツンと頭を叩いた。そして、手拭いと一緒に地面に打ち捨てて、

「よけいに汚れるじゃないか。このうすのろめがッ」

と腹立たしげに言った。

柄杓をもろ頭に受けた小僧は激しく痛かったのと、相手の目つきがあまりに恐かったので、わあっと声を出して泣きだした。その様子を店の中から見ていたのであろう。慌てて飛び出してきた店の主人が、

「なんですか、子供を相手にこんな……」

と言いかけたがハッと目を見開き、小僧を店内に連れ戻しながら、

「申し訳ありません。以降、充分に気をつけますので、どうかご勘弁下さいまし。本当に申し訳ありません」

「小僧に躾《しつけ》もできないとは、ろくな商売ができてないんでしょうな」

「はい。後でよく言って聞かせますから」

「おまえの躾がなってないと言ってるんだ。まったく江戸商人の面汚《つらよご》しだな、このダ

メな店のことはよく覚えておくよ。おまえのところとは、決して取引しないからね」

言われた方は何度も頭を下げている。それでも、フンと鼻を鳴らしただけの商人は、羽織には袖を通さず懐手《ふところで》にして、まるでならず者のように肩で風切る態度で立ち去った。周りで無言で見ていた人たちも、ほっと溜息をついた。

「まったく嫌味な旦那だ」

「子供相手に、あんな酷いことすることないじゃないか」

「この前は年寄りを突き飛ばしてたよ」

「金に物を言わせて、悪態の吐《つ》き通し。人を人とも思ってないのさ」

「どうせロクな死に方はしまいよ」

などというひそひそ声が、どこからともなく聞こえたが、誰も面と向かって言う者はいなかった。外を出歩くときは、いつも浪人者をふたりばかり用心棒として付き添わせており、下手《へた》に関わると厄介事になることをみんな承知しているからである。

いかにも憎まれ役のような面構えで、人を睥睨するような目つきのこの中年男は、日本橋の大店《おおだな》にも負けぬ薬種問屋の主人で、勘左衛門《かんざえもん》という。

深川西町《にしちょう》の扇橋《おおぎばし》の前にある『大黒屋《だいこくや》』という金文字の軒看板は、誰の目にも留まるほど大きくて輝いていた。

その看板の下を通って店内に入ろうとすると、みすぼらしい姿の職人ふうの男がひとり、駆け寄ってきた。すぐに気づいた用心棒たちが立ちはだかったが、職人ふうは必死に訴えた。

「ご主人！　おたくの店で買った薬で、うちの子供は死んだんですよ。女房も病気がちで、ろくに動けない体になった……」

「それはご愁傷《しゅうしょう》なことで」

用心棒を押しやって、職人ふうの前に出てきた勘左衛門は、

「妙な言いがかりをつけて、狙いは金かね。欲しいなら、ほれ」

と財布から小判を一枚、出して地面に放り投げた。

「て、てめえ、それでも人間か」

「まっとうな人間ですよ。あんたのように人様《ひとさま》に因縁《いんねん》をつける輩《やから》とは違うんです。うちの薬で死んだというなら証拠を持ってきなさい。見るからに貧乏人臭い。ふん。どうせ、地べたに落ちてた腐ったものでも拾って食べて、腹に当たったたんでしょ」

「このやろうッ」

摑みかかろうとした職人を、勘左衛門が思わず足蹴にすると、用心棒がさらに二、三発殴ってから突き飛ばした上に、掘割《ほりわり》に放り投げた。だが、水が少ないので、した

たか額《ひたい》を打った。職人ふうの顔は、涙と血が混じって泥だらけになった。

「近頃は、嫌な人間が増えたものだねえ……本当に胸くそが悪い」

吐き捨てて、勘左衛門は店に入った。とたん、番頭の弥兵衛《やひょうえ》や手代頭の富助《とみすけ》をはじめ、奉公人が十数人、並んで出迎えた。

勘左衛門は不機嫌な顔で、奥座敷に来ると箱火鉢の前に座った。湯飲みに入った水を運んできた下働きの若い娘を、勘左衛門はじろりと見て、

「おさき……おまえは何をやっても、とろくさいな。目障《めざわ》りだ。暇をやる」

「え、本当でございますか……」

意外な目を向けるおさきに、勘左衛門は苛《いら》ついて怒鳴った。

「いいから、さっさと出ていけってんだ」

持ってきたばかりの湯飲みを投げつけたときである。

「余計なことをするな」

薄暗い隣室から、寝間着姿の男が出てきた。

その姿や立ち居振る舞いの様子はもとより、勘左衛門と瓜《うり》ふたつの男である。太めの眉に腫れたような上瞼に鋭い眼光、末広がりの鼻、太い唇にいかつい顎。どこをどう見ても同じ顔であった。

驚愕で腰が崩れたおさきは、その場で身動きができないでいた。

「孔之助《こうのすけ》……おまえの魂胆は分かってる。おさきを助けてやりたいんだろうが、勝手なことをするな」

野卑な目つきで言った寝間着姿の男の、その野太い声も、勘左衛門にそっくりであった。いや、この男の方が——本物の勘左衛門で、表から帰ってきた孔之助と呼ばれた男は、双子《ふたご》の弟である。

勘左衛門はいきなり手にしていた心張り棒で、ビシッと孔之助の背中を叩いた。

「それで私の真似をしているつもりか、孔之助！　まだまだ甘いんだよッ。もしバレたりしたら、私の命が危ないのだ。もっと真面目にやれ！」

「いえ、しかし……」

何か言いかけたが、孔之助は首を竦《すく》めた。俄《にわか》に顔を引き攣《つ》らせた勘左衛門は、無言のままビシッ、ビシッと立て続けに数回、背中や肩、膝などを打ちつけ、骨が軋《きし》むような音がするほどだった。

「旦那様……それ以上やれば、孔之助さんが使い物にならなくなります……」

遠慮がちに弥兵衛が声をかけたので、勘左衛門はようやく棒で叩くのをやめ、

「二度と言い訳はするな。おまえは、私の影だ……文句も御法度、泣き笑いの感情も

御法度、意見なんぞ決してするな……親に忌み嫌われて捨てられ、上総《かずさ》のどん百姓に預けられていたのを、うちに戻してやったんだ。その恩義に報いることだけを考えて生きろ。でないと殺すぞ。分かってるな」

「──承知しております……二度と口答えなど致しません」

「分かったら、暇を惜しまず、俺の真似をしておけ。このうすのろ！」

足蹴にしてから、おさきの手を握った勘左衛門は、隣室に引きずり込もうとした。おさきは必死に抗《あらが》って、

「だ、旦那様……ご勘弁下さい……ああ、旦那様……！」

と哀願したが、弥兵衛はもとより、用心棒たちも見て見ぬふりをしていた。孔之助も箱火鉢の前で俯いたまま、ぐっと我慢をして手を握りしめているしかなかった。

襖が乱暴に閉じられた。

「やめて下さい！　や、やめてえ！」

声の限りに、おさきは叫んだが、激しく勘左衛門が平手で打ちつける音がすると、静かになった。そして、衣擦れの音がして、ドタドタと床に倒れ込むような音や、必死に泣くのを我慢しているおさきの声や、勘左衛門の獲物をいたぶるような野卑な声だけが襖越しに聞こえた。

用心棒は襖の前に正座をして座り、弥兵衛はほんの一瞬だけ、「困ったものだ」というような目を孔之助に投げかけたものの、諦め顔のままで店の方へ戻ろうとしたが、

「孔之助さん……明日は大事な取引がある。商いの話はすべて私がしますが、しっかりと旦那様の代わりを務めて下さい。よろしいな」

「あ、ああ……」

「だったら、今、旦那様がやっていることを、そこでずっと見守っていなさい。それもまた、あなたにとって必要なことでしょうからな。そろそろ、慣れてもよさそうだと思うがねえ。孔之助さん……旦那様が言ったように下手な情けは無用ですぞ。でないと……あなたが死ぬだけでは済まない」

しっかりと頷いた孔之助の耳には、苦悶するおさきの声だけが忍び込んできていた。

二

翌朝、裏庭の納屋で、おさきが首を吊って死んでいるのが見つかった。それを見た勘左衛門は舌打ちをして、

「なんだよ……自分で死んでどうするんだよ……しばらく楽しめると思ったのだが

な」

とだけ呟いて自分の部屋に籠もった。

その日のうちに弥兵衛らが、病死として名主に届け出て近くの寺に葬った。大切な取引の前に面倒なことをしてくれたと、弥兵衛の胸中も穏やかではなかった。

大切な取引とは——。

小石川《こいしかわ》御薬園奉行の立ち合いのもと、養生所見廻り役与力らが新薬の効能を検《あらた》め、値段などを見積る寄合のことだ。

後見人として、深川診療所の〝儒医〟藪坂甚内も同席することになっている。

もとより、孔之助は、『大黒屋』に生まれながらも、双子の弟だというだけの理由で、遠い上総の百姓の倅として育てられた。そのお陰で、薬草だらけの山の中で過ごし、薬草のことについてはかなり詳しい。

逆に、本物の勘左衛門は薬種問屋の二代目当主とはいえ、すべてを番頭をはじめ周りの者たちが支えてきたから、薬草に関して素人同然である。難しい話し合いの場には出たがらないが、弥兵衛からすれば、公《おおやけ》の場で出鱈目《でたらめ》なことを言われるより、黙ってもらっていた方がよかった。

ゆえに、偽者の主人である孔之助が、勘左衛門として出向くことになっていた。面倒くさい勘左衛門の気質や人柄のことを知っている同業者は多い。孔之助はその雰囲気だけは振りまいておかねばならぬ。

此度《こたび》は既に、新たな疫痢《えきり》の治療薬を申請してある。風邪《かぜ》や労咳《ろうがい》、脚気《かっけ》、気血《きけつ》などに効くふつうの薬は沢山扱っているが、新たな疫痢が猛威を振るったのを機に、〝万能丸《まんのうがん》〟として世に出したいのだ。

だが、商いについては何もしない勘左衛門に代わって、弥兵衛たち奉公人が、医者や漢方学者らと研究研鑽を重ねて、必ず役に立つ薬をと作り上げてきたのである。

当主はヤバい男だが、薬種問屋としての誠実さは、弥兵衛という番頭の陰の尽力による。『大黒屋』は先代が作った店だが、多くの江戸町人に支持されているのは、奉公人たちが身を粉にして働いてきたからである。

先代も決して穏やかな人間ではなく、感情にまかせて奉公人を叩いたり、怒声を浴びせたりしていた。自分が行商という苦労を長年してきたからであった。信頼が第一だと思っていた先代は、厳しく奉公人を躾けたのである。

息子の勘左衛門は父親の悪いところだけを引き継いで、商いのイロハもろくに知らず、ただの〝暴君〟であった。奉公人の中には不平不満を口に出す者もいたが、必ず酷い目に遭って追い出された。

天保の不景気な世の中、一度、お店《たな》を辞めさせられたら、奉公先はなかなか見つからない。十二歳で奉公に上がり、四十半ばから五十くらいで奉公を終える〝終身雇用〟が当然だから、自ら暇を出されるようなことはしなかった。

目に余ることは、父親を支えてきた弥兵衛が諭したものの、それでも聞かないこともあった。商売のことだけは自分には分からないから、弥兵衛任せだった。

「早速ですが……」

弥兵衛は居並ぶ御薬園奉行や養生所与力ら町奉行所役人、そして薬種問屋仲間の商人たちに向かって、新たな疫痢治療薬の効能について話した。

弥兵衛の熱心な語りに、役人のみならず問屋仲間たちも聞き入っていた。これまでも、『大黒屋』は、〝天女丸《てんにょがん》〟という通経剤や〝白眉剤《はくびざい》〟という肌を整える薬を大奥や大名の奥方向けに販売していた。

〝万能丸〟という治療薬は、元々は寝たきり老人の体を快復させるため、何にでも効くという触れ込みで売り出そうというものであった。万能薬というのは、いかにも怪しげだが、他の薬種問屋も同類のものを何十種類も出している。

それらは生薬や漢方を使った滋養強壮剤に他ならないが、何十種類もの薬草の効果で命に関わる流行病《はやりやまい》にも役立ってきた。ゆえに高価であって庶民の手には届きにくくい。その状況を改善して、長屋住まいの者たちにこそ、飲めるような廉価薬として発売するつもりである。

「〝万能丸〟こそが『大黒屋』らしい薬だと自信を持っております。効き目を検討の上、ご認可下されば幸いです」

毒薬などを使うのは論外だが、人命に関わる薬についても、

――毒薬並びに似《に》せ薬種売買之事、禁制なり。若《もし》、違反之者あらば其の科軽からず候……。

とあり、正徳《しょうとく》年間に出された御定法《ごじょうほう》の判例によると死罪もある。事実、乱心に効く薬を売って獄門になった医者もいる。つまり、一歩間違えば、店が闕所《けっしょ》になり、処刑もされる。

偽薬の定義は、効能があるかないかではなく、幕府が認めたかどうかである。たとえば漢方ならば、寛永《かんえい》年間に、ある商人が幕府の許しを得て、大坂道修町《どしょうまち》で開業をしたのをキッカケに、公許の薬種問屋が軒を連ねるようになった。享保《きょうほう》年間になって、『道修町薬種中買仲間《なかがい》』ができて、厳しい監視下にあった長崎《ながさき》からの漢方薬はすべて扱うようになったのである。ゆえに、他の業者が扱えば、偽薬とされる。

仕入れた漢方や色々な地方から持ち込んだ薬草や人参《にんじん》、獣《けもの》の肝《きも》などを使って製剤す

ることによって、薬種問屋独自の薬を生み出していた。ただの卸売《おろしう》りや仲買《なかがい》、小売りでしかない薬屋が多い中で、『大黒屋』は独自のものを製造して販売をしていた。

今日の寄合は、いわば公の場における初見せ興行のようなもので、事前に許しが出ている。そのとき、奉行所や役人に対して、それなりの上納金を渡すのが慣例になっているのだ。

ひとしきり、話を終えたとき、御薬園奉行の高嶋主水亮《たかしまもんどのすけ》は、

「後ほど、検討を致す」

と言っただけで、許諾の旨《むね》は伝えなかった。

もしかして、上納金という名の賄賂《まいない》が足らなかったのかと、弥兵衛は不安になった。思わず膝を進めて、

「高嶋様……わたくしども『大黒屋』の新薬に何処か問題でもありましょうか」

「身共《みども》の一存では決められぬ。町奉行はもとより、老中や若年寄などにも諮《はか》らねばならぬ。しばし待て」

御薬園奉行という役人は、薬園の管理運営をするのが職務で、薬種問屋の新薬を検査したり、許可をする権限を持っていない。町奉行所がやるべきことを代行しているに過ぎない。なのに、けんもほろろに断られた気がして、弥兵衛は少しばかり腹が立

ったのだ。

弥兵衛の気持ちを察した孔之助は、のそりと体を動かし、恫喝《どうかつ》するような鋭い目になって、高嶋を睨みつけた。

「どういうことですかな……散々、袖の下を取っておいて、まだ何か不満が？」

「控えろ、大黒屋」

「何を偉そうに……あんたじゃ話にならん。町奉行を呼べ。遠山左衛門尉《さえもんのじょう》景元《かげもと》様を」

孔之助は勘左衛門に成りきって、野太い声で啖呵《たんか》を切った。高嶋も虚勢を張って、眉間に皺を寄せた。

「それ以上の無礼は許さぬぞ、勘左衛門」

「あんたに呼び捨てにされる謂われはない。下級役人ふぜいが」

「これまでは、そうして無理《むり》強《じ》いして、新薬の認可を勝ち取ってきたが、今後はそうはいかぬ。薬による死人も何人も出ておるゆえな、幕閣によって方針が改められたのだ。事実、『大黒屋』が出した他の薬でも、具合が悪くなった者が大勢いるとか」

「そんなことはない。言いがかりも大概にしろ」

仮にも公儀役人相手に、まるでならず者である。弥兵衛は必死に止めて、気色ばん

だ役人たちに平伏したが、これもいつもの情景であった。孔之助は一歩も引かず、

「ならば、金を返せ、高嶋。おまえの阿漕なやり口を、町場で話してもいいんだぞ。それとも、その首根っこを折ってやろうか」

激しく罵《ののし》ったが、高嶋の方は怒りを抑えて、やむを得ぬという顔になると、

「あの者を、ここへ……」

と控えている与力に命じた。すると、すぐさま廊下から現れたのは、なんと——普段着である袖無し羽織の吉右衛門であった。他の薬種問屋たちも、何者だろうと静かに見ていると、

「小普請組旗本、高山家の用人、吉右衛門殿であらせられる」

「あらせられる……?」

孔之助は肩透かしをくらったように、姿勢が崩れた。御家人たちが旗本を敬うのは分かるが、用人如きに何を遠慮しているのかと、孔之助は感じたのだ。

「北町奉行・遠山左衛門尉様とはご昵懇であり、深川診療所の藪坂甚内先生も全幅の信頼を置いている〝薬師《くすし》〟でもあるのだ」

薬師とは本来、医者の意味だが、医者は薬草から薬を作ることが当然できる。事実、なんでもできる吉右衛門は、有効な風邪薬などを藪坂に提供していた。

とはいえ、旗本の用人如きが、何故この場にいるのか孔之助は疑念を抱いていた。

「私は用人どころか、ただの奉公人、中間《ちゅうげん》も同然でございます。ふっはっは」

自ら吉右衛門は名乗り直して、

「実は、偽薬が増えてるので、困ったものじゃと、藪坂先生や遠山様から頼まれて、色々と調べておったのです……中には、偽薬だと承知の上で、不当に儲けているので、なんとかせねばと頼まれていたのです」

吉右衛門が毅然と一同を見廻すと、居並ぶ薬種問屋の主人たちは一斉に不快の視線を浴びせた。まるで偽薬を売っていると決めつけられている感じがしたからだ。

そんな中で、孔之助の目だけが、ほんの一瞬、揺らいだが、さらに強面《こわもて》になると、

「どういうことだ、吉右衛門とやら。私たちに喧嘩を売ってるのか」

「まあ、そういうことです。偽薬を作っているとは言いませんが、大して効能もないものを売りまくっているのは騙《かた》りに等しい。騙りも場合によっては死罪ですからな、ふっはっは」

「よくぞ言った。売られた喧嘩は買うぞ！」

孔之助のみならず、他の主人連中も腰を浮かして身構えた。

「まあまあ、そう興奮なさらずに……私は違法な薬を暴きたいわけじゃない。何かと

批判の集まる薬種問屋に、まっとうな商人になっていただきたいだけです」

意気軒昂に言う吉右衛門の生意気な態度は、一瞬にしてその場の空気を凍らせた。

だが、吉右衛門はそれを見越したように、うっすら笑みすら浮かべて、

「さあさあ、まずは落ち着いて茶でも飲んで下され。私も一応、武家の身ですので、遠州流《えんしゅうりゅう》を少々、嚙《かじ》っております」

と言うと、集まっている薬種問屋らの面々の前に、町方中間らが茶碗を運んできて差し出した。

「大寄せでも、それなりの作法はありますが、今日は無礼講ということで、さあさあ」

吉右衛門が勧めると、仕方なさそうに薬種問屋たちは茶を啜った。そんな中で、孔之助だけはふて腐れたように飲まないでいる。

「孔之助さん。なぜ飲まないのですか」

「冷めた茶などいらぬ」

「さいですか。さすがお目が高い。皆様に振る舞ったのは、それぞれの薬種問屋の一番押しの薬を混ぜております」

吉右衛門が言ったとたん、一同がみな、ブワッと噴き出した。

「おやおや。自分ちの薬は飲んだらまずいやら、危ないやら知ってのことですかな。ふっほっほ……『大黒屋』さんだけは気づいたのか、飲みませぬな。命に関わるでしょうから、あっはっは」

人を食ったように高笑いする吉右衛門を、孔之助は憎々しげに睨みつけていた。

三

江戸市中には、眉唾物の万能薬や秘薬、軟膏、化粧品などが数多く出廻っている。体調が悪くなったり、皮膚がただれたりする事案が続いたが、販売をした薬種問屋は責任逃れをしていた。

奉行所に訴え出たところで、薬との因果関係がはっきりしないという理由で、ほとんど相手にされなかった。

そこで、町名主たちは町医者や養生所医師や与力、同心などに訴え出て、薬草園の役人や町人学者らが一緒になって調べた結果、〝薬害〟の疑いがあるものは排除すべきと判断したのだ。

実は、これら薬害について率先して調査していたのは、高山家である。小普請組ではあるが、小普請組とは無役という意味だから、逆にいえば〝何でも屋〟である。よって、遠山から命じられてのことだった。

薮坂甚内とともに、これまでの被害については、町名主などの協力のもと調べていた。見過ごせぬような悪い症状が出た薬ならば、それを売った薬種問屋や作った生薬問屋や薬師などの処分をしたり、弁済をさせたりする手筈になっている。だが、すべてを調べ出すのは無理であろう。

そこで、今後は、事前に薬の効能を調べておき、奉行所のお墨付きを与えるという方策を取ろうというのだ。

事実、大坂の道修町では〝官許〟の薬種問屋が揃っているので、効能はともかく、薬害に関しては防御ができていた。にも拘《かか》わらず害が出たときは、逆に奉行所の責任が問われることとなる。

公許であっても、大袈裟な効能書きが多かった。しかも、高価だから〝医療格差〟が生まれていた。それを改善するために、かつては八代将軍の徳川吉宗《とくがわよしむね》が、医療や薬草学に力を注いだのである。吉宗の治世に、江戸で一月《ひとつき》だけで八万人にも及ぶ死者が出た疫病が流行《はや》ったり、天然痘が広がった年もある。それゆえ、医療改革は焦眉《しょうび》の急《きゅう》だった。

それが天災飢饉が酷い天保時代にあって、なかなか活かされていない。金持ちは良い薬にありつけるが、貧しい者たちは施薬されず、何の効き目もない偽薬を与えられる憂き目に遭っていた。

「薬種問屋は人の命を預かっている。ゆえに、万民に行き渡るような薬作りをするべきではありませんか」

と吉右衛門は常々、藪坂に話していた。

薬の良し悪しは一朝一夕に判別できるものではないし、人によって相性も違う。対症療法でしか扱うことができないのだ。

まずは風邪や頭痛に効くものや、破傷風にならない薬はできるだけ安価に提供できるような仕組みにする。それでも薬を得ることができない者には、奉行所や町が援助するために、積金制度を作っておくなどの工夫がいる。そういう互助精神で、薬種問屋ががっちりと手を結ぶべきだと、吉右衛門は働きかけていたのだ。

「しかしね、吉右衛門さんとやら……所詮はあなたは素人。言うは易しで、薬は他の商品とは違って、安かろう悪かろうでは、困るんでございますよ」

恰幅のよい『錦宝堂《きんぽうどう》』という薬種問屋の主人・錦兵衛《きんべえ》が小馬鹿にしたように言うと、他の者たちも一斉に同調した。だが、吉右衛門はまったく怯《ひる》まず、

「高かろう悪かろうだから、変えねばなりませんよと言っているのです」

「待って下さい」

他の薬種問屋の主人が言った。

「たしかに高いのは認めるが、悪かろうとは聞き捨てなりませんな。薬種問屋の暖簾《のれん》も看板も持たない輩が、怪しげな薬を売っているのは承知しています。しかし、それは奉行所が取り締まればよい話で、私たちまで同じ扱いをされては心外ですな」

毅然と反論すると、他の薬種問屋たちも次々、ここぞとばかりに声を強めた。

「そうですとも。まるで、高値で売ることが罪だとでも言いたいようですが、元手がかかっているのですぞ」

「薬は病《やまい》を治し、命を延ばすためのものですからね。嗜好品とは違うんです」

「しかるべき薬が必要なときには、それなりに金はかかって当然でしょう」

「私たちだって、欲得で高く売っているわけではない。誠心誠意を尽くしていますし、薬種問屋として矜持《きょうじ》も持っています」

「薬師かもしれませんが、薬屋の素人に四の五の言って欲しくありませんな」

多勢に勢いを得てか、ますます語気を荒らげる薬種問屋たちに、

「では、薬を飲んで良くならなかった人に、あなた方はなんと言うのです」

と吉右衛門は問いかけた。ズイと身を乗り出すように一同を、いま一度見廻すとまるで見得《みえ》でも切るかのように凛然《りんぜん》と言った。

「呉服屋はいい着物を売って、綺麗になってもらおうと思いますな。料理屋は美味《おい》しいものを食べてもらって、気持ちよくなってもらいますな。けれど、あなた方の仕事は大抵、弱った人をふつうに戻すのが務めです。違いますか」

黙って聞いている薬種問屋たちに、吉右衛門は続けて、

「人の体には、自分で良くなるという、本来の力がある。薬はその手助けに過ぎないが、誤った薬ならば、さらに体を弱くしてしまうことがある」

「何が言いたいのです……」

「あなたたちは結果がどうであれ、責任も取らず、高い薬を売りつけている悪党に過ぎないということです」

はっきりと言ってのけた吉右衛門に、弥兵衛が前のめりになって、

「番頭の分際ですが、言わせてもらいます。私は『大黒屋』の……」

「知ってますよ。最もタチの悪い薬屋だとの評判ですな」

「物の言い方に気をつけて下さい。私どもは上様の覚えもめでたい公儀御用達《ごようたし》。大奥はもとより、御旗本にも良薬をお届けする重責を担っております」

「だからといって、傍若無人《ぼうじやくぶじん》な振る舞いは許されるものではありますまい」

吉右衛門は弥兵衛ではなく、孔之助を凝視した。無言のまま、孔之助も睨み返したが、何も言わず悪態もつかなかった。その代わり、弥兵衛が憮然とした表情で続けた。

「主人に成り代わって申しますが、吉右衛門さんのおっしゃるとおり、私たち薬種問屋は人様の命を預かる医者と同じだと肝に銘じております。薬を扱う者に心得の悪い者はひとりたりともおりませぬ」

「私は責めるために来たのではありません。法外な値で偽薬を売る輩を排除するために、廉価な薬を誰にでも届けられる仕組みを作りましょうと言いたいのです」

わずかに語気を強めた吉右衛門の表情に、弥兵衛は一瞬、引き下がるように腰を下ろした。怯んだのではなく、言っていることが正しいと感じたからである。

「では、吉右衛門さんは……」

今度は、慎重な態度で探るような目つきになって、

「どうやって、薬を安くしようというのですか。薬は他の商品と違って、売り手と買い手の均衡で値が決まるわけではありませんよ。ふつうの商売とは違うのです」

と弥兵衛は突っ込んで訊いた。

「おっしゃるとおり。ですが、〝効き目があるかもしれない〟という人々の期待が、

値に反映しているのは事実でしょう」

「…………」

「薬を作るために研究する金もかかっているはず。それを取り戻すために、過剰な効能を宣伝し、より高く薬を売ろうという商魂が見え隠れしています。日頃食べる米や菜の物、魚などと違って、いつも売るべき物ではない。非常の時に使うものだからこそ、値が張るのではありませんか。その点、越中富山《えっちゅうとやま》の置き薬は、必要なときだけ使って後払いという良い仕組みを培《つちか》ってきました。あなた方も、それを取り入れれば、うまく事が運ぶのではありませんか？」

「それで、薬の値が下がるという道理が分かりませんな、私には」

弥兵衛が食い下がると、吉右衛門はニコリと微笑んで、

「越中富山の薬売りは、使うか使わないのか分からないけれど、予《あらかじ》め薬を置いていきます。売る側から見れば、無償で薬を置いてもらっているのと同じです」

「ますますもって、納得できませぬな」

今度は、錦兵衛が身を乗り出し、その目から鈍い光を放ちながら言った。

「薬のなんたるかを知らない、ただの戯《ざ》れ言ですな」

「繰り返しますがね、錦宝堂さん……あなた方、薬種問屋も使うかどうか分からない

薬を、置いてもらい、そして使ったぶんだけ払ってもらうという仕組みにすればいい」

「それは、私たち問屋仲間のことを知らないから言えることです」

「最後まで聞いて下さい」

吉右衛門は真顔で、押し切るように言った。

「いいですか。問屋仲間は自分たちの利益を確保するための集まりに過ぎません。その中で、競争するのは結構ですが、薬というものを扱う中で、それが過剰になると品質の低下にも関わってきます。だからこそ、統一した仕掛けが必要なのではありませんか」

「統一した仕掛け……?」

「そうです。公儀普請などは、入札にかけて材木問屋や普請請負問屋などを選びますが、薬はそれにそぐいません。では、どうするか……公儀に買い取ってもらうのです」

「公儀に買い取ってもらう……ますます言っていることが分かりませんが。ねえ、みなさん、吉右衛門さんが一体何をどうしたいのか、理解できますか?」

錦兵衛が一同に振ると、薬種問屋の主人たちは不快な表情のままで否定した。だが、

吉右衛門は構わず、錦兵衛に向かって、

「買い取ってもらうというのが語弊があれば、半分出してもらうということです」

「半分、出してもらう……」

「薬は必要な人だけが使います。使わない人は、一生、使わないかもしれない」

「…………」

「ですが、いつ使うかは誰にも分からない。だからこそ、越中富山の薬売りのように、まずは公儀に置いてもらう。その際、無料ではなくて、薬代の半分は払ってもらう。そうすれば、イザ必要になったときに、買う人は半値だけ払えば買えることになる」

薬種問屋たちは、唖然と聞いていた。とても、実際にはできないと思ったからだ。それでも、吉右衛門は熱心に続けた。

「さらに、一文もない人には、公儀は無償で薬を与えることができる。その際、小石川養生所を経るとか、公儀が名指しした町医者を通じて渡すなどして、患者にお金の負担がかからないようにする……つまり、代金は公儀が負担するのです」

「…………」

「ですから、あなた方、薬種問屋はこれまで通りの実入りがある。その上で、薬の値が半分になれば、人々はこれまで以上に薬を買うことになるから、もっともっと売り上げが増えるのですぞ」

「なるほど……」

「つまり、今までどおり営めばいいだけで、公儀が半分買ってくれるということです。そうですよね、高嶋様……」

吉右衛門が振り向くと、高嶋はしかと頷いた。しかし、錦兵衛や弥兵衛たちはそれでも釈然とせず、不安な顔で、

「でも、どうやって……そんな莫大な金を公儀が使うとは思えないし……他から借りてくるわけにもいかないだろうし……」

「それが、あるんです。いや、まだ、ないですがね。そのうち、薬代はわんさか集まります。そのために、みなさんの智恵を拝借して、今の状況を打開しませんか」

「…………」

「薬は貧しい人にこそ届いて、意義があるのです……金持ちはそれこそ、朝鮮人参だろうが熊《くま》の胆《い》だろうが何でも金に物を言わせて買えばいいのですからね」

「まあ、そうでしょうが……」

ようやく肩の力が抜けたような顔になった弥兵衛に、吉右衛門はしっかりと頷いた。

そして、達磨《だるま》のように黙って見ていた孔之助の顔をまじまじと見ると、孔之助は思わ

ず目を逸らした。

だが、孔之助よりも、吉右衛門は錦兵衛の鈍い瞳の輝きが気になっていた。

四

その帰り道、孔之助と弥兵衛はずっと誰かに尾《つ》けられている気がしてならなかった。

夜風がふいに強くなって、月が雲に隠れると俄に暗くなった。とたん、路地から数人の黒い覆面をした浪人が飛び出してきて、いきなり孔之助に斬りかかった。

「ひいッ——！」

孔之助は咄嗟に身を躱《かわ》したが、弥兵衛の方は必死に別の路地に逃げ出した。

浪人たちは弥兵衛には目もくれず、孔之助に狙いを定めて斬り込んだ。が、寸前、用心棒が進み出て、鋭く抜刀して応戦した。

——カキン、カキン！

激しい火花が闇の中で飛び散った。

「キエーイ！　チェストー！」

裂帛《れっぱく》の叫びで、お互いに怒声を上げながら、激しく打ち合っているうちに、孔之助の用心棒ふたりは追い詰められ斬り倒されてしまった。かなりの腕前だったはずだが、相手の人数が多いから、一瞬の隙に背後から刀を浴びて倒れてしまった。

必死に逃げようとする孔之助の顔面に、切っ先が打ち下ろされてきて、わずかに額を斬られ、すっと血が流れた。

「うっ……」

血が目に沁《し》みて、孔之助は呻きながら、その場にしゃがみ込んだ。

黒い覆面の浪人たちが血塗れた刀を突きつけて、孔之助を取り囲むなり、頭目格の浪人が籠もった声で、

「薬種問屋『大黒屋』の主人、勘左衛門に間違いないな」

「ち……違います……」

思わず首を振った孔之助に、浪人たちはさらに詰め寄った。

「往生際の悪い奴め。これは天誅《てんちゆう》だ。覚悟せい！」

頭目格が怒声を浴びせると、浪人たちはまるでなぶり殺しでもするかのように斬りかかろうとした。が、小石が数個、飛んできてビシビシッと浪人たちの顔面に命中した。

すぐ近くの通りから駆けつけてきたのは、高山和馬であった。吉右衛門絡みで様子

を見ていたのである。

「何奴《なにやつ》だッ」

覆面の浪人たちが身構えるのへ、

「丸腰の町人を斬る輩に名乗る謂われはないがな」

「うるさい。くらえッ」

相手が一斉に斬りかかってくると、和馬は刀を抜き払いざま、相手の小手、肘、肩、膝、脇腹などを打ち払った。あっという間に、身動きが取れなくなった浪人たちに和馬は刀を突きつけて、

「誰に雇われた」

「…………」

頭目格はぐっと肩の痛みを堪えながら、奥歯を嚙みしめている。

「命を捨ててでも、言えぬ奴というわけか……ならば」

和馬が一閃、刀をグルッと廻すと、頭目格の髷《まげ》が弾け飛んだ。他の浪人たちは這々《ほうほう》の体《てい》で逃げ出したが、頭目格だけは尻餅をついたままであった。

「言う……言うから、命だけは……命だけは助けてくれ……」

「それは、おまえ次第だ」

鋭い声で迫ったとき、ドボンと水に人が落ちる音がした。振り返ると、孔之助が掘割に飛び込んで必死に対岸まで泳いでいる。いや、浅くなっているから、必死に歩いて逃げている。よほど恐かったのであろう。

その真似をするかのように、頭目格は一瞬の隙を見て、自分も掘割に飛び込んだ。

喋ったところで、和馬に斬られるに違いないと思ったようだった。

「番頭も主人を捨て置いて逃げるとは、世も末だな……いや、吉右衛門の読みどおり、奴は贋《にせ》の勘左衛門ってことか？」

苦々《にがにが》しく唇を嚙んで、和馬は白目を向いて血だらけで倒れている『大黒屋』の用心棒の無惨な姿を哀れんで見ていた。

潜《くぐ》り戸から転がり込むように土間に倒れ込んだ孔之助を、先に帰っていた弥兵衛がしっかりと抱き留めて、

「だ、大丈夫ですか……」

と声をかけたが、放り出して逃げたことを恥ずかしく思っているようだった。しかし、本当の主人ではない。偽者だから、番頭が逃げ出すのは当然であった。その後、和馬が助けてくれたことは知る由もない。

富助や他の手代たちも孔之助に駆け寄って、

「これは大怪我だ。早く何とかせねば！　医者だ！」

と慌てて手当てをし始めた。富助が弥兵衛に命じられて、町医者を呼びに行こうとしたとき、奥から顔を出した勘左衛門が、強い口調で言った。

「余計なことをするなッ」

「しかし、旦那様……」

何か言おうとする弥兵衛のドテッ腹を足蹴にして、勘左衛門はさらに怒鳴った。

「黙れ、文句がある奴は、とっとと出ていけ！」

兢々《きょうきょう》となる手代たちを睨みつけてから、孔之助の胸ぐらを摑むと、

「なんだ、この顔はッ……額にこんな傷をつけやがって……この私にも同じ傷を付けろというのか、おまえは！」

「も、申し訳ありません……」

孔之助は痛みを堪えながら、必死に謝った。だが、勘左衛門は腹の底から怒りを露わにして、腰を蹴りつけると、

「あれだけ顔には気をつけろと言ったではないか！　体の傷なら隠せるが、顔はどうしようもない。おまえはもう用なしだ。何処でもいいから、さっさと失せろ！」

声を荒らげて、さらに肩を蹴った。仰向けに倒れた孔之助は床で頭を打ちつけて、額からの出血がさらに酷くなった。

「と、とにかく……医者に診せます。話はそれからでも……」

殴られるのを覚悟で、弥兵衛が言うと、勘左衛門は血走った目のままで、

「弥兵衛！　おまえまで庇うか！」

「相手は腕利きの浪人が数人で、私も思わず逃げました。うちの用心棒は殺されました。でも、孔之助はこうして帰ってきました。もし、死んでいたら、旦那様は二度と表に出ることはできないのですよ」

「偽者だとバラせば済む話だ」

「そしたら、『大黒屋』の主人は卑怯者だという噂が立ちましょう。そんなことになったら、商いにも良くないと思います」

「黙れ！　こんなときのために、孔之助がいたのではないか！」

「ですが、せめて手当てを……」

哀願する弥兵衛に唾を吐きかけた勘左衛門は、

「好きにしろ。ただし、弥兵衛。おまえも二度と戻ってくるなッ」

と言って背中を向けた。すると、弥兵衛は少しほっとした顔で手代たちに、

「――大丈夫だ。後で私が話しておくから……富助。町医者に……」

声をかけると、すぐさま呼びに出かけた。

駆けつけてきたのは、藪坂だった。

藪坂には、孔之助は主人の勘左衛門だということで治療をさせた。何針か縫うことになったが、命に別状はない。しかし、しばらくは包帯をしておかねばならないし、外したとしても、右の眉から髷にかけて、大きな傷が残ることは覚悟せねばなるまいと念押しされた。

翌朝――。

弥兵衛は勘左衛門に平身低頭で謝った。自分の不手際《ふてぎわ》で孔之助に傷を負わせたことや、余計な心配をさせたことについてだ。だが、一晩眠って気分が治まっているどころか、勘左衛門の態度はますます硬化していて、

「弥兵衛。おまえにも暇をやると言ったはずだ。出ていけ。もう、おまえたちの力は借りぬ。私ひとりで、何とでもできる」

「お言葉ですが、私はともかく手代らが誰もいなくなると、困るのは旦那様です」

「代わりは他に幾らでも雇えるわいッ」

「それに、問屋仲間の寄合では大切なことが話し合われました。かの高山家の吉右衛

門が乗り出してきて、薬種問屋が抱えている問題を片付けようと……」

「問題？　なんだ、そりゃ」

「江戸の薬種問屋は儲けに走り過ぎている。だから、貧しき者や弱い者にこそ、薬を広く行き渡らせる仕組みを作るべきだと提案され、町奉行や御薬園奉行、そして養生所与力らも一丸となって……」

「黙れ、弥兵衛。商人が儲けないで何とする。孔之助はその場で何と言った」

「懸命に……ええ、懸命に旦那様に成り切っておりました」

「どういう意味だ」

「ご公儀の考えに従います。もちろん、補助が出ますから、私たちが損をするようなことはありません。ただただ、世のため人のためになるのが薬種問屋の務めだと」

「下らぬッ」

勘左衛門は箱火鉢の前で吸っていた煙管《きせる》をビシッと弥兵衛に投げつけた。弾みで火の付いた灰が弥兵衛の頬に飛び散った。すぐに払い取ったが、赤く爛《ただ》れた。

「孔之助を呼べ」

「え……」

「医者の手当てを受けて休んでいるのは知っている。連れてこいッ」

ためらっている弥兵衛に、勘左衛門は今度は鉄火箸《てつひばし》を投げつけた。避けるとまた暴れるに違いないので、もろに顔面で受けた弥兵衛は深々と礼をしてから立ち上がって、孔之助を連れてきた。

おどおどと現れた孔之助は、俯いたままじっと正座をしていたが、そんな姿にすら腹が立つのか、勘左衛門は奇声を上げて立ち上がると、また足蹴にして、

「おい！　おまえは問屋仲間の前で、何も言わなかったのか。高山家の用人だかなんだか知らぬが、吉右衛門なんぞの言い分は話にならないと、文句のひとつも垂れなかったのか！」

「あ、いえ……一応は……」

「一応はなんだ」

「反対をしました。商人は儲けるのが筋であると」

恐る恐る瞼を震わせている孔之助は、ほんの少し勘左衛門が動くだけでも、ピクリと首を竦めて硬直した。暴君に怯えきった領民に他ならなかった。まだ包帯が巻かれたままの、情けなく引き攣る顔を勘左衛門はバシッと平手で叩いて、

「なんだ、その目は」

「いえ、私は何も……」

「おまえが、その場でビシッと言って、吉右衛門如き、半殺しにしていないから舐められるんだ。だから、その帰りに襲われたりするんだ」

勘左衛門は襲った相手に心当たりがありそうだった。傍《かたわ》らで見ていた弥兵衛が、思わず、それは誰かと訊くと、

「おい、弥兵衛……おまえは寄合に同席して、それも見抜けなかったのか……『錦宝堂』の主人、錦兵衛だ。あいつは、なかなかしたたかだからな。私を亡き者にして、その分、自分が甘い汁を吸おうとしてるんだろう。奴は、前々から公儀御用達を狙っていたからな」

「そ、そうなんですか……」

「人に情けをかけたり、弱みを見せたりすれば、すぐに噛み殺される。それが世の中というものだ。覚えとけ！」

怒鳴りつけ、孔之助を足蹴にした。弥兵衛が守ろうにも、激昂が収まらない勘左衛門は蹴り続けた。見るに堪えられなくなって、弥兵衛は顔を背《そむ》けた。

次の瞬間――ゴツンと激しい音と同時に、ギャッと叫ぶ声がした。

振り向いた弥兵衛の目に飛び込んできたのは、勘左衛門が仰向けに倒れている姿だった。丁度、箱火鉢の尖った角で後頭部を打っており、じわじわと鮮血が流れ広がっ

ていた。

驚愕した弥兵衛は、しばらく立ち尽くしていたが、我に返って勘左衛門に近づいた。すでに絶命しているようだった。

「あっ……ああ！」

孔之助の目は虚ろで、呆然としているだけであった。震えながらも、勘左衛門が何度か足蹴にしたのを思わず払ったとき、自分で勝手に滑って倒れたのだと話した。

「でも……私のせいです……私の……」

孔之助も狼狽して青ざめていた。

「だ、大丈夫……あなたのせいでは……ない……孔之助さん……ここは私に任せなさい……いいですね」

落ち着くように弥兵衛が慰めたとき、富助たち手代らも執拗な物音と声を聞いたのか、廊下に駆けつけてきていた。

「――みんな、このことは……」

何か言おうとする弥兵衛に、富助たちは、

「わ、分かってます」

と返して、すべてを得心したように頷き合うだけだった。

五

数日後も――何事もなかったように、『大黒屋』は営んでいた。いつものとおり来客で混雑しており、番頭や手代は忙しく働いていた。誰ひとり、本物の勘左衛門が亡くなったことは口にしなかった。

そこへ、吉右衛門がぶらりとやってきた。帳場に弥兵衛の姿を認めると、

「番頭さん。先日はどうも……大丈夫でしたかな、ご主人は」

「ええ……!?」

あまりにも吃驚した弥兵衛の顔に、吉右衛門の方が驚いたが、

「この前、北町奉行所からの帰り道、暴漢に襲われたそうですが、大丈夫でしたか。ずっと気になっていたのですがね」

吉右衛門が見舞いの菓子折を渡すと、弥兵衛は不思議そうに、

「……どうして、そのことを？」

「だって、うちの和馬様……相手はなかなかの達人だったようで、勘左衛門さんは怪我をされたとか。藪坂先生からも聞きました」

「あ、そうでしたか……その夜、藪坂先生にすぐに手当てをしてもらいましたが……奥で休んでおります」

「そうですか。差し支えなかったら、ちょっと挨拶をしたいのですがね」

「いや、それは……」

まだ体調が優れないからと、弥兵衛は断ったが、何を思ったか、

「実は、こちらから相談したいことがあって、お訪ねしようと思っていたところなのです。ええ、この前の新たな〝置き薬〟のような仕組みや、これからのことを」

と身を乗り出した。

「丁度よかった。私の方も、公儀御用達の『大黒屋』さんには、色々と率先してもらわねばならないことを伝えねばと思っていたところなんです。それに、ご主人を襲った浪人の素性のことも……」

最後の方は声を潜めた吉右衛門を、ドキリと弥兵衛は見やった。

「襲った浪人の素性……ですか」

「心当たりでも？」

「あ、いえ……まったく……」

弥兵衛は『錦宝堂』の手の者だと勘繰っていたが、口には出さなかった。何かもっ

と重要な話があるのだろうと察した弥兵衛は、ふたりだけで話した方がよいと、すぐ裏手にある茶店に、吉右衛門を誘った。

女中が茶と大福を運んできただけで、他に人の出入りはない。開け放った障子窓の外には、掘割が見えるが、水位がすっかり下がっている。そのせいで魚の死骸もほったらかしで、異臭も激しくなり、使われていない川船も日照りのせいで随分と傷んでいた。

「相変わらず水不足……恵みの雨が欲しいところですな」

吉右衛門が大福を食べながら言うと、弥兵衛も頷いて、

「はい。荒川《あらかわ》や隅田川ですら、随分と水量が減って、荒れた田畑も広がったと聞き及んでいます。すでに枯れた稲もあるそうで、凶作にならなければいいですがね」

「ただでさえ不景気で、人々の暮らしが困窮しているのに、作物不足になれば、またぞろ貧しい人たちの口に入る食べ物が少なくなる。それで滋養に欠けて病人が増えれば、薬も足りなくなって、高値になる……悪いことの繰り返しです」

「ええ……」

「そうならないよう願ってますが、万が一、病人が増えたときに、薬種問屋組合が救済できる方策に改めて取り組みたいですな」

真剣なまなざしで言う吉右衛門に、弥兵衛は違和感のある目になって、

「ご隠居さん……吉右衛門さんが、この深川で慈善事業をしているのは、よく知っておりますが、どうしてここまで……」

「百姓衆たちから集めた年貢や冥加金などを、無駄遣いすることなく、本当に困った人々に行き渡るようにしてもらいたいだけです。町奉行がその気になれば、薬なんて只《ただ》で人々に配れるのではありませんかねえ」

「あ、はい……ですが……」

「でも、勘左衛門さんは、その対極にある人ですからな……しかし、あなたはどうですかな、弥兵衛さん」

「私は……そうですね……先代の教えは、〝目明き千人……〟と言いましてね、世間というのは冷たいときもあるが、温かく迎えてくれるときもある。だから、謙虚さを忘れず、ひたむきに自分の信じる道を進みなさいというものでした」

「だけど、勘左衛門さんは自分がやるべき道を忘れていた……番頭のあなたがシッカリとしなければ、『大黒屋』は潰れるかもしれませんよ」

「申し訳ありません……」

「この前の寄合でも話しましたが、薬種問屋は他の商いとは違って、儲け一辺倒では

世間が許しません。先代が世間の見る目の厳しさを感じていたからでは？」

「おっしゃるとおりです……」

弥兵衛は恐縮したように頭を下げると、

「そこで、お願いがあるのです。主人は心を入れ替えると申しております……ですから、吉右衛門さんのお力を借りて、傾きかけた『大黒屋』を、なんとか信頼される店に戻したいのです」

「——あの勘左衛門さんがそう……？」

わずかに訝しそうな目になった吉右衛門に、弥兵衛は大きく頷いて、

「ええ……おそらく、あんな恐い目に遭ったから、きっと世間に仕返しをされたと思ったのでしょう……」

「そうですか……勘左衛門さんが率先して動いてくれるのならば、他の薬種問屋も頑張ってくれるのではないでしょうかね」

「私もそう願っています」

「ならば、まず言っておきますが……」

吉右衛門は少し声を潜めて、

「公儀御用達という、おたくの大看板を欲しがっている問屋があります。それは、

『錦宝堂』さんです」

「やはり……」

思わず頷いた弥兵衛に、承知していたのかと訊いてから、吉右衛門は続けた。

「先日、勘左衛門さんを狙った浪人たちは、『錦宝堂』の主人が雇った者と思われますが、薩摩《さつま》浪人かもしれませぬ」

「薩摩……」

「知ってのとおり、薩摩藩は琉球《りゅうきゅう》と密かに交易をしており、唐土《もろこし》からの漢方薬などもふんだんに仕入れております。密かにといっても、幕府は黙認しているだけで、すべてを承知していますがね」

「ええ……」

「薩摩の出である『錦宝堂』の主人、錦兵衛さんが、藩命を受けて、江戸の薬種問屋を牛耳《ぎゅうじ》りたいという思惑が見え隠れしてます。うちの和馬様の話では、襲った浪人の中には、薩摩独特の示現流《じげんりゅう》を扱う者もいたとか。その気合いで分かったのですが……これまでも『錦宝堂』から嫌がらせを受けたことはありますか」

「いいえ……むしろ、うちの主人の方が繰り返しやっていたほどです」

正直に勘左衛門の不行跡を話した弥兵衛は、申し訳ないとばかりに頭を下げた。

勘左衛門と錦兵衛は犬猿の仲で、以前から顔を合わせれば口論をしていた。が、近頃は、錦兵衛の方が、相手にしても仕方がないと思ったのであろう。しかし、長年いがみ合っているから、一朝一夕に解決はできない。

殊に、錦兵衛は『大黒屋』が公儀御用達である限り、薬事についての悪習から脱却できないと、問屋仲間に訴え続けていた。感情的なものから、公平公正な施策をしようというのだが、問屋仲間たちは、

──『錦宝堂』が公儀御用達になりたいだけだろう。

と思っており、必ずしも耳を傾けるわけでもなかった。だからこそ、町奉行としても吉右衛門の〝公《おおやけ》〟を前面に出した方法で、誰にでも廉価に渡る薬のあり方を考えていたのである。

吉右衛門が公金で薬を買い取って、店に置くという具体的な話をしていたとき、勘左衛門のふりをした孔之助が茶店に入ってきた。額に痛々しく包帯が巻かれてある。

「また私に隠れて、こそこそと……」

不快な顔を露わにした孔之助だが、弥兵衛は申し訳ありませんと、平伏して謝るだけであった。すると、いつもなら足蹴にして感情を露わにするところを、ぐっと我慢をしたように、

「先日は失礼致しました。こんな目に遭いましたからな……自分で言うのもなんですが、少しは懲《こ》りました……しかも、助けてくれたのは、高山和馬様だと知って感謝致します」

と改めて深々と頭を下げた。

「このとおりです……実は、弥兵衛からも散々、説教されたのですが、この際、心を入れ替えて、よりよい薬種問屋を目指したいと思います」

と素直に言った。

吉右衛門は相手をじっと見つめていたが、妙な感覚に囚われた。

たしかに、先日、会った人と同一人物である。物言いやちょっとした癖などを、吉右衛門は見定めていたが、急に態度が変わったことに違和感を感じたのだ。

「そういえば……いつぞや、湯屋で一緒になったことがありましたな」

「湯屋……？」

「ええ、大横川沿いの『松ノ湯《まつのゆ》』で……」

「……そうでしたかな」

孔之助は曖昧に返事をしただけで、自らは何も語らなかった。勘左衛門は時々、寮に出向いて休んでいるが、内湯があるから湯屋は使わない。そもそも、人嫌いだから裸の付き合いは好きではないのだ。

「湯が沸いてなかったとかでね……そのとき、小さい頃に熱湯を浴びて火傷《やけど》をしたと言って、今でも背中に痕があると見せてくれました。躙《にじ》り口の中ですから、暗くてあまり分かりませんでしたがな」

「ああ……そんなことも、あったような……毎日、大勢の人と会うし、めったに行かない湯屋のことだから、忘れてしまいました」

言葉を選ぶように孔之助は言った。孔之助の体に火傷の痕があるのは事実だからである。吉右衛門は微笑み返して、

「めったにないことだから、覚えていると思うのですが、そのときも実に横柄な態度で、他の客に迷惑をかけていたから、なんだか別人のようで……これは失礼しました」

孔之助は申し訳なさそうに頷いて、

「これからは本当に生まれ変わったように頑張ります。なんとしても、親父が作り上げた『大黒屋』を立て直すために……」

「いいえ。それでは困ります」

吉右衛門は鋭い声で、不思議そうな顔になる孔之助に言い含めるように、

「あなたの店は立て直すどころか、潰すつもりで、頑張ってもらいたい」

「つ、潰す……」

「ええ。江戸町人らにとってみれば、『大黒屋』が持ち直そうが繁盛しようが知ったことではありません……これは別に、『大黒屋』だけの話ではありませんが、本気なら江戸中の人々が病になっても安心できるように、頑張って下さい」

励ますように言う吉右衛門に、孔之助はしっかりと頷くのだった。その顔を、吉右衛門は何もかも見抜いたような瞳で、じっと見つめていた。

六

さらに数日後、薬種問屋が色々な腹案を持ち寄って、寄合を開いた。いくら人々のためといっても、慈善ばかりで儲けがなければ、商売は成り立たない。その両立が難しいと、それぞれ頭を抱えていた。

そんな中で、『錦宝堂』の錦兵衛が口火を切った。

「前々から考えていたことですがね、私たちの問屋株の値打ちを上げれば、よいのではないでしょうか」

「はい。商人は問屋株を持つことで、いわば商い上の寡占《かせん》という恩恵を得ています。それを色々な人たちに持ってもらうことで、お金が集まるのではないでしょうか」

問屋株と現代の株式は別物である。営業許可証と投資の証明とは違うが、札差をはじめとして、問屋の株が売買の対象になったのは事実である。だが、投機のためではなく、あくまでも商売を営むためのものだった。

しかし、米相場や先物取引はあったから、錦兵衛は薬種問屋株を、そのように扱うことによって、幕府に〝公金〟を出させ易いようにさせたかったのである。

「だが、それでは、万が一、株価が下がったら、幕府は手を引くかもしれませんな」

と吉右衛門が言った。それでも、錦兵衛は首を振って、

「まったく逆ですよ。薬種問屋は……というか、薬種に関しては、今後は公儀が直《じか》に営むべきだと思うのです。私たちはその出店であるという考えでは如何《いかが》ですかな」

「なるほど……」

肝煎《きもい》りである『春木屋《はるきや》』の菊左衛門《きくざえもん》が答えた。

「そうなれば、薬の価格は一定ではなく、余裕のある者には高く、困っている者たちには安く提供することができますな。つまり、公金で補助するということですな」

「おっしゃるとおりです。そうなれば、私たち薬種問屋はみな公儀御用達という看板を得て、偽薬や怪しい薬売りを排除することもできようというもの。町奉行の差配下で行えば、庶民に信頼も得られましょう。万が一、薬害があったときも、お上《かみ》が関わっていれば、薬種問屋と客の間での、不毛な戦いはせずに済むかもしれません」

錦兵衛は自説を披露した。だが、本音では江戸中の薬種を一手に担うつもりであった。そのために公金を使い、薬種問屋が儲かる仕組みを作ろうとしているのだ。そして、得意げな顔になって、

「実は、北のお奉行と南のお奉行に、それぞれ会って、私の考えは伝えてあります。概《おおむ》ね承諾してくれましたが、ただひとつ、やはり金をどうするかということです。公金を出すとはいっても、江戸市中の薬種問屋が扱っていた薬をすべて、お上持ちというわけにはいきますまい……それを、どうすればよいか、吉右衛門さんに聞きたいですな」

と目を向けると、吉右衛門は微笑を浮かべて頷いた。

「何をするにも、人、モノ、金……これらがなければ、物事は動きませんな」

「ええ、ですから、どうすれば？」

「まず、富裕町人や米相場や先物取引を生業《なりわい》としている商人から、金を集めて、問屋

株だけではなく、為替や藩札、金銀などの相場に投資をする組合を作ります」

「薬種組合のような……？」

「いや同業者の意味合いではなく、いわば巨大な金の甕《かめ》を作って、投機的な売買を繰り返して収益を狙うというやり方です」

「それでは、損をすることもあるのではありませんか？」

「ですから、その運用は、すべて私に任せていただく」

「……吉右衛門さんに？」

訝しげな目になった錦兵衛は、釈然としない顔つきで、いかにも吉右衛門が金を持ち逃げするのではという疑いの顔になった。

「それは、おかしいでしょう。とどのつまり、あなたは、人様から集めた金を運用して、それで利鞘を稼ごうって腹ですか？」

「いや、私が運用するわけではない。株仲間とか町会所らが自ら運用するのです。その代わり、損金は自分たちで賄《まかな》わねばなりませんよ」

「…………」

「しかし、此度の薬種問屋の新たな展開については、大損をするはずがない。なぜならば、作物のように天災飢饉の影響は受けにくいからです。しかも、公益に適《かな》う事業だと考える富裕町人は、自らが人々の役に立っていると思えることに喜びを感じるものです」

「そんなものですかね……」

「ええ。みな立派な方々ですよ。あなたのように、儲けのことばかり考えてるのとは違うのです」

吉右衛門は少し険《けん》のある言い方をすると、錦兵衛は露骨に腹立たしげに、

「——どうも私のことが嫌いのようですな」

「そんなことはありません……万民は悉《ことごと》く天地の子なれば、我も人も人間のかたちあるほどの者はみな兄弟。士農工商は天下の治まる助けとなる。そうでしょ」

「…………」

「和《やわらぎ》を以て貴《とうと》しとなし、それ事は独《ひと》り断《さだ》むべからず、必ず衆《しゅう》とともによろしく論《あげつら》うべし……と、聖徳太子《しょうとくたいし》もおっしゃってる。みんなで話し合うことで、よりよい考えが生まれるのであって、誰かひとりの押しつけであってはなりますまい」

自由と平等の思想は江戸時代にもあったのである。それゆえ、特に病に罹《かか》った者たちには分け隔てなく、きちんと薬が行き渡るように吉右衛門は考えていたのだ。

「たしかに、あなたの考えは立派ですがね……そういう大義名分が、私にはどうも信

じられない。何処か胡散臭《うさんくさ》いものがある」

と錦兵衛は批判めいて言った。吉右衛門は気にする様子もなく、

「それは、あなた自身がそういう人間だからでしょうな」

「なんですと……」

「何か事を為そうとするとき、何か表向きの理由が欲しいのでしょう」

「………」

「私は薬種問屋のこれからと、現実に喘《あえ》いでいる人々の暮らし、そして、お上の意向を勘案すれば、いわゆる〝薬種株〟なるものを作って投資してくれる金持ちに委ねるのが、貧しい者の負担が少なくなってよいと考えたまでです」

そう反論したとき、孔之助が膝を進めて、意見を言ってよろしいかと申し出た。包帯は取れているが、額の刀傷が生々しい。

今の時点では、公儀御用達の看板を掲げているのは『大黒屋』だけである。それゆえ、すべてが公儀御用を受けることになれば、旨味に欠ける。だが、孔之助はそのことに不満があったのではなく、先日、吉右衛門に言われたとおり、『大黒屋』を潰すつもりで、ある案を話した。

「薬種問屋の薬はそのほとんど……九分どおりは医術に使われております。小石川養

生所はもとより、御殿医、藩医、町医者などが施薬するための薬で占められています。実際、薬種問屋に風邪薬を直に買いに来る人は少ないですからね」

　孔之助が話し始めると、錦兵衛や菊左衛門をはじめ、他の者たちは奇異の目で見ていた。いつもの〝勘左衛門〟とあまりにも違うからである。その雰囲気を察してか、吉右衛門が口を挟んだ。

「この前、勘左衛門さんから、生まれ変わったように頑張ると話を聞きました。自分の店だけのことを考えるのではなく、何より人々のために薬種問屋がみんなで何ができるか熟慮して、新たな仕組みを築き上げていこうとね」

「それは、それは、良い心がけだが……俄には信じられませんな」

「この額の傷は生まれ変わった証《あかし》です。拾った命ですから、後は人様のお役に立ちたい。そう思ったまでです」

　と錦兵衛を睨みつけて、孔之助は言った。思わず目を逸らした錦兵衛だったが、吉右衛門が付け足した。

「人を傷つけたり、ましてや殺そうとする輩は薬種問屋には向いておりますまい」

「なんですと……？」

「『錦宝堂』さん……身に覚えがあるならば、自ら引き下がった方がよいと思いますよ。いずれ、薩摩浪人たちが世間にバラすかもしれない。そうなった後では、示しがつかないのではありませんか？」

吉右衛門の言葉が何を意味するかは、他の薬種問屋たちには分からなかった。だが、錦兵衛も空惚《そらとぼ》けて、

「何の話か知らないが、『大黒屋』さんは自らが作った薬のせいで、色々と揉め事があり、命を狙われたこともあるとか……日頃から、あんな人を侮蔑したような態度では、それこそ商人としての品性が疑われる。心を入れ替えたと言っても、俄には信じられませんな。ねえ、みなさん」

と言うと、他の人たちも溜息混じりに頷いた。

するとと孔之助は必死に土下座をしてから、

「本当にこれまでのことは謝ります。『大黒屋』はなくなっても構いません。ただ、吉右衛門さんの言うとおり、新薬も含めて、色々な薬を作って提供し、誰もが当たり前のように薬を使える世の中にしたい。心から、そう思っているのです」

と懸命に訴えた。が、錦兵衛は鼻で笑っている。他の者たちも戸惑った感じはぬぐえないまま、孔之助の言い分を聞いていた。

「薬種問屋は、組合に入っていない小さな下請け問屋も含めて、江戸に三百くらいあ

りますが、上位の大店五軒で、すべての売り上げの三分の一を占めており、上位の十軒で三分の二を賄っております。つまり、ほとんどの薬種問屋が残り三分の一の〝客〟を奪い合っていることになります」

「だから……？」

錦兵衛が冷たく訊き返した。

「ふつうの商品ならば、競争をすれば値段を安くして、売り込もうとします。しかし、薬は逆で、高ければ高いほど、よく効くという変な思い込みや風潮があって、医者もそれを望みます。だから、医者の診立て代も高くなるし、売る薬屋も儲けたいばかりに、必要以上に高値にする。そのあり方が、これまで貧しい人々に、薬が届かない原因でした」

「ここにいる薬種問屋組合の幹部たちが悪いとでも言うのですかな」

「そうは申しておりません。薬という特殊なものですから、お上の知らないところで、妙なものを作られては困ります。その監視役として、私たち組合の肝煎りや月行司《つきぎょうじ》などは、しっかりと小さな問屋にも目を配っていました」

「…………」

「ですが、それは薬の監視という名目の商売の寡占に過ぎなかったのです。だから、そこを変えて、吉右衛門さんの言うように、製薬や販売に関わるお金を出してくれる人たちから援助を受けることで、貧しい人たちにも薬が渡る仕組み……つまり、頼母子講《たのもしこう》のように、みんなで金を出し合って、助け合うことができるのではないかと……」

「分かりました、分かりました」

錦兵衛は面倒くさそうに手を振って、

「つまりは、これまでの『大黒屋』さんがやってきた不祥事を、私たちみんなで尻拭《しりぬぐ》いしろと、そう言いたいのですな」

「不祥事だなんて……」

「ねえ、勘左衛門さん……今更、殊勝なことを言われても、みなさん白《しら》けてますよ。簡単な話が、『大黒屋』さんさえ、公儀御用達の看板を下ろし、この商売から足を洗えば、後は私たちが適宜、営んでいきます」

「本当にそれができるならば、私に異存はありません。しかし、錦兵衛さん……あなたは多額の賄を御薬園奉行に渡してまで、御用達の看板が欲しいのですか」

「なにを、いきなり……！」

気色《けしき》ばむ錦兵衛に、孔之助は怨みでもあるかのように睨みつけた。だが、錦兵衛も

負けてはおらず、

「あんたに、そんなことを言われる筋合いはありませんな。これまで、ずっと『大黒屋』さんがやってきたことではありませんか」

「………」

不本意な顔になった錦兵衛は、吉右衛門を見下ろして、

「薬種問屋は他の商売と違って、ただ薬を売って儲けるのは人倫に反する。そうでしょ、みなさん」

少し興奮気味に話す錦兵衛に、一同は驚いて見上げていた。

「私は、薬が高いのは、人の命を助けるものだから当たり前だと思いますよ。ですが、貧しい者が薬を得られず、富める者だけがより腕の良い医者にかかれるというのはおかしい」

「………」

「正直なところ、私はね、富める者がみな悪いというのは、そうでない者たちの、ただのやっかみ、嫉妬だと思ってますよ。ろくに働きもしないで、蓄財もしないで、困ったときだけ、人に頼んでまで助かろうというさもしい魂胆の人もいるでしょう。でもね、それでも助け合うのが人と人なんです。違いますか」

熱弁をふるう錦兵衛を見上げたまま、吉右衛門はニコリと笑って、

「あなたのおっしゃるとおりです。みんなも、病人に寄り添うのが〝薬売り〟の務めだと思っていると思います」

「…………」

「そして、勘左衛門さんは心を入れ替えて、人様の役に立ちたい。そう思っているのですよ。人は変わることができる。その時にこそ、新しいものも生まれると思いますがね」

「だったら私の何が気に食わないのですか……ばかばかしくなってきました」

錦兵衛が腹立たしげに出ていくのを、薬種問屋の主人たちは呆然と見送っていた。

そして、二度と寄合には姿を現すことはなかった。このとき、表に出たときに、町方同心が待っていて、薩摩浪人を金で雇って、勘左衛門を狙った咎《とが》で捕縛されたのだった。

七

町奉行、町年寄、町名主、問屋株仲間などが一体となって、薬種を〝公〟が扱う仕

組みを作れば、いわゆる「官と民」がよい関係で繋がることができそうだった。吉右衛門の狙いどおり、篤志家と資産家が薬という特殊で大切な物を、困った人に届けるという流れを通して、自分たちも利益を得るという方法に共感してくれたのだった。

たとえば、薬種問屋の株が上がる。上がれば、商売の拡販や薬の質の向上のために、借金もし易くなる。公儀から見れば、問屋株というのは、間接的に商人を監督、統治するとともに、経済政策を実現するためには便利なものである。仲間定法《なかまじようほう》によって、公儀に政策の協力を約束し、同業者同士の利潤や権益の確保、客との紛争の処理などもできることになっている。

仲間定法は公儀が定めた遵守法ではないが、町年寄が支配することによって、法的な強制力も備えていた。それ故、その仲間定法によって、

——貧しい者にこそ、手厚く薬が渡るようにする。

という考えを実践しようというのである。

錦兵衛の考えも、その意味では正しかったのだが、思いを通すために人の命を取ろうとしたのは間違いだった。よって、闕所の上、死罪となった。徳行とは程遠かったのだ。

本来、武士の「士」とは、徳行ある君子である。論語《ろんご》にも、

『曾子《そうし》曰《いわ》く、士《し》はもって弘毅《こうき》ならざるべからず、任《にん》重くして道遠し、仁《じん》もって己が任となす、また重からずや、死して後已《や》む、また遠からずや』

とある。仁政を行うのは、幕府としては当然で、それを薬種問屋が支えているのだから、まさに商売が世の中の役に立っているわけだ。吉右衛門の考えは、これまで儲け一辺倒だった薬種問屋仲間たちの考えを変えた。

そんな中で、勘左衛門の〝偽者〟である孔之助は三日に一度は、吉右衛門の所に商売のことではなく、人生訓について学びに来ていた。

吉右衛門がよく教えていたのは、二宮尊徳《にのみやそんとく》から伝えられた〝陰徳《いんとく》の考え〟である。そして、越前《えちぜん》の内田惣右衛門《うちだそうえもん》という廻船問屋をしている豪商が今、実際に行っていることを話して聞かせたりした。

天保の飢饉は人を地獄の底に突き落とすものであり、人としての心をずたずたに傷つけるものでもあった。衣食足りて礼節を知るではないが、飢餓は人間としての本性すら変えてしまう。そこで、内田は施米《せまい》をしたのである。

当時は、米の値が倍に高騰していったので、ひとり当たり銀十匁《もんめ》ずつ百数十人に施したが、それでも貧窮する者が増えたので、さらに五匁ずつ増やし、大麦や粥《かゆ》なども加えて、総額にして二貫《かん》近い銀を使うこととなった。他に近隣の難儀人や無宿人ら仁政』とした。これらについては、内田本人がやったこととせず、表向きは『お上の御にも施した。

自分の手柄としないのは、内田家の根本の考え方で、飢饉の時だけではなく、火事や災難に遭った人たちはもとより、病で長い間、患っている人々や子沢山で食うのも大変な者たち、亭主を亡くした女や働くことが難しくなった老人などにも施していた。しかも、わざわざ、どれだけ困った人がいるのか調査をしてまで、施していたのである。自分の功名心からではない。見て見ぬふりをしていられないのであった。

「これはな、勘左衛門さん……仏教でいうところの〝福田《ふくでん》思想〟ですな……なに、二宮尊徳先生の受け売りだ」

吉右衛門はニコリと笑って話した。

「仏教では、善というのはふたつあるそうな。ひとつは、果報は寝て待ての〝果報〟を期待する〝報善《ほうぜん》〟……もうひとつは、何も期待しない、ひたすら善を尽くす善」

「はい……」

「ひたすらの善にも、〝行善《ぎょうぜん》〟と〝習善《しゅうぜん》〟があるそうな」

「行善と習善……」

「はい。前者は、日頃から努めて行うもので、後者は突然の事態のときに、やむにやまれずやる善なんです……これ、どちらが凄いことだと思いますか」

「それは……行善の方ではないでしょうか」

「私も初めはそう思ったがね、習善の方が格上らしい。日頃、親切にしていても、いざというときに身を捨てて施す方が凄いということなんだろう。だが、内田という人は、この両方をやっていた。この人は、自らも仏法聴聞堂を建てるほどの人だからね」

「へえ……本当に凄いですねえ……なかなかできないことです」

「人はお互い敬い、愛し合って、お互い助け合って、ひとり貪《むさぼ》ってはならない」

「はい……」

「この人は、若い頃、施すにしても、頬被《ほおかむ》りをして誰か分からないように、金品を届けていたというよ。丁度、その家の者が出てきて泥棒と間違えてとっ捕まえたとき、顔を見て内田家の旦那だと知ると、土下座をして泣いたという。また、施しを受けた金を畏れ多いと返しに来た人には、自分は知らないことで誰かがくれたのだから収めておきなさいと宥《なだ》めたというから、驚くじゃないか……私も大概、善行はしてると思うが、到底、真似はできませんな」

吉右衛門はあっはっはと豪快に笑ったが、孔之助はただただ感銘を受けて頷いていた。

「義、欲に勝てば、即ち昌《さか》へ、欲、義に勝てば、即ち滅ぶ……というが、薬種問屋は特に、義が欲に勝つことで、世間様のお役に立って尚、自分も栄えるのではありませんか」

「よく分かりました……ありがとうございます……ありがとうございます」

「額の傷が教えてくれたのですかな？」

実に面白そうに笑う吉右衛門を、孔之助は涙ながらに見つめ返して、何度も頭を下げながら、これからは商人である前に、人として生きると誓った。

「でもね、勘左衛門さん……いつかは、本当のことを語った方がいいと思いますよ」

「え……？」

「人はどんなに、そっくりな人でも、耳の形だけは違うのです」

「！……」

「善行を施して、勘左衛門さんのお陰だと世間に思わせるのは結構なことですが、本人にもその自覚がなければ、『大黒屋』は本当の意味で栄えないでしょう」

「……………」

「それとも、当初の思いのとおり、『大黒屋』は潰れてもよろしいのかな。まあ、じつくり考えなさるがいい」

穏やかな吉右衛門の微笑みは月光のように優しかったが、孔之助にはチクリと痛かった。

その夜のことである。

陰徳を重ねるとはいっても、先立つものがなければ難しいことであろう。孔之助は弥兵衛と相談をしながら、何度も算盤《そろばん》を弾いていたが、今のところは内田家のように色々な人々に施す余裕はなかった。

これまで、孔之助は一文たりとも、人に恵むということはなかった。薬自体が人を助けているのだから、敢えて施す必要はない。それどころか、銭金を人様にやたら渡す奴は、

――何か心に疚《やま》しいところがあって、その贖罪《しょくざい》をしているだけだ。

というのが孔之助の考えだった。当人に疚しいところがあるから、そう思っていたのであろう。

「孔之助さん……いや、旦那様……吉右衛門さんには色々と助けられますな。人としての正しい考えも教えてくれるし、これで『大黒屋』も安泰でしょう」

「いや、弥兵衛さん……」

陰鬱な顔になって孔之助は、弥兵衛を見つめて、

「吉右衛門さんは……私のことを気づいているようです。〝偽者〟であることを」

「えっ……？」

「ゾクッとしました。あの人はまさに神様じゃないか。何もかも見抜いているのではないか、とね」

「別によいではないですか。私もこれからは、孔之助さん……おまえさんのことを本当の主人と思って仕えていくつもりですよ……それに〝偽者〟だと分かったところで、その〝偽者〟が善行を施していれば、『大黒屋』としては世間を欺いていることにはならない。むしろ、一層、頑張ろうと、私たちも思うのではないですかな」

「いや……そういう意味ではなくて……もう勘左衛門本人がこの世にいないことを、知っているのでは……と」

「！……」

「それでも敢えて、私に色々なことを教え諭してくれているような気がするのです。いえ、きっと、そうです」

ふたりは沈黙の中に佇《たたず》むように、動かなかった。ただ、障子戸だけが夜風にカタカ

タと震え、行灯《あんどん》と蠟燭《ろうそく》の明かりが、小さく揺れていた。

あの日のことを、孔之助と弥兵衛は思い出していたのだ。

勘左衛門が頭を打って死んだのは、自業自得《じごうじとく》であった。そのことを店の者はみな承知していたからこそ、外には内緒にして、内輪で片付けることができた。勘左衛門がいなくなってホッとしたのは、孔之助だけではなく、弥兵衛をはじめ店の者みんなであった。

密かに知り合いの住職に頼み、勘左衛門を葬ってもらった。勘左衛門当人とは知らずに、弥兵衛の親族ということで密葬扱いにしたのだった。

世間にはこれまでも、孔之助が勘左衛門として顔を出していた。だから、本物の主人がいなくなったことは、薬種問屋組合の者たちですら気づかなかった。

「気にすることはありませんよ、孔之助さん……いわば、こういうときのために、〝偽者〟があったんじゃないですか。『大黒屋』は変わらなければならない。そのためには、おまえさんに頑張ってもらいたいんです……もし、逆におまえさんが死ぬようなことがあって、主人が残っていたら、今頃、この店はどうなっていたか。考えただけで、ぞっとします」

「…………」

「吉右衛門さんが気づいていたとして、何も言わないのは、私たちを信じてくれているからに他ならないと思います。だから、これからも安心して、勘左衛門を演じて下さい……いや、おまえさん自身が本物の勘左衛門になって、『大黒屋』を盛り立ててもらいたいのです」

弥兵衛は擦り寄ると、孔之助の手をぎゅっと握りしめた。

「そもそも、双子の兄弟ではないですか。〝偽者〟じゃありません。『大黒屋』の立派な跡取りなんですよね。勘左衛門さんが無理矢理、身代わりにしていたのですから、これからはずっと本物になって下さい」

「…………」

「それに、育ての親にも感謝して、商売がうまくいって落ち着いたら、迎えに行けばいい。そして、親孝行をしてやったらいいではないですか。これまで苦労をかけた分、一生懸命にね。人様への陰徳だけが善行ではないでしょ」

温もりのある弥兵衛の言葉に孔之助は、少しほっとして微笑み返した。

そのとき――ドンドンと表戸を叩く音がした。

「おや、こんな刻限に誰かねえ……」

弥兵衛が立ち上がろうとすると、孔之助が私が出ますよと店の方へ行った。

「夜分に済みません。娘が熱を出しているもので、医者に行くのもなんなんで、ちょいと熱冷ましでもと……お願いできませんか」

と表から男の声がした。

「ああ、いいですよ。大変ですね」

吉右衛門に教えられた〝善〟の話が頭をよぎった。薬を扱う者は、常に善行を心しておかねばならないと、孔之助は改めて感じ入っていた。

後ろからは、弥兵衛も出てきていた。

孔之助が扉越しに答えてから潜り戸を開けると、外には男が立っていて、月明かりが横顔をわずかに照らしていた。

「さあ、お入りなさい」

と孔之助が招き入れようとした。そのとき、

――グサッ！

その男が孔之助の腹に匕首《あいくち》を突き刺した。

一瞬にして尻餅をついた孔之助は、喘ぐだけで言葉も悲鳴も出なかった。土間に広がる真っ赤な血を、差し込んでくる月明かりが照らしている。

いつぞやの男だ――と孔之助は、薄れる頭の中で思った。

「今更、善人ぶるんじゃねえや！　おまえのせいで、俺の子供が死んで、病がちだった女房もこの前、死んじまった！　思い知れ！」

さらに匕首を突き入れると、奇妙な声を発して、脱兎《だっと》の如く立ち去った。

目の前の悪夢のような出来事に、弥兵衛は呆然となっていたが、恐怖よりも怒りが湧いてきて、土間に崩れる孔之助に駆け寄った。

「しっかりしろ、孔之助さん！　おい、しっかりしろ、孔之助さん！」

大声をかけたが、すでに孔之助の意識は遠くなっていた。

微《かす》かに唇が動いている。

弥兵衛は耳を近づけると、孔之助は最期の力を振り絞って、微かな声で言った。

「――これでいいんだ……勘左衛門さんが……死んだのは、私のせいだし……人様に迷惑をかけたのが……『大黒屋』だったんだから……主人の……私の、せいだ……」

後は頼んだとでも言いたげな目になって、孔之助は弥兵衛の腕の中でがくりとなった。

ふたりの姿を月光が包み、何処かで犬の遠吠えと、木戸番か自身番の番人が吹く呼び子の音が宵闇の中で鳴り響いていた。

薬種問屋『大黒屋』勘左衛門が殺されたという事件は、あっという間に世間に広まった。悪評があっただけに、葬儀に来る者も少なかった。

だが、弥兵衛はなんとか頑張って、『大黒屋』を引き継ぎ、吉右衛門が狙っていた構想を実現に向けて進めようとしていた。

無念なのは、勘左衛門への恨みを、孔之助が受けたことだった。

吉右衛門はひとりで、弔問に『大黒屋』まで訪れたが、〝偽者〟だと気づいていながら、助けることができなかったことを悔いていた。

その帰り道——行く手に、和馬が立って待っていたのを見て、つと足を止めた。

西日がきつくて、和馬の姿が消えたからだ。

だが、その影が吉右衛門の足下まで、長く伸びているのを見て、またゆっくりと歩き出した。

第三話　殺しの鼓《つづみ》

一

小名木川の川沿いの通りは、両岸に武家屋敷が並んでいるが、夜闇が広がると鬼でも出そうな雰囲気が広がる。細い三日月が浮かんでいるが、船着場の石段も見えない。辻灯籠《つじどうろう》が消えて、川面の燦《きら》めきもなかった。

柳がざわつくように揺れると、下草を何人かが踏みならすような足音がした。時々、女が喘ぐような洩れ声が聞こえている。漆黒の闇から、這い上がるように悶え声が起こると、

「きゃあ……！」

と、今度ははっきりと女の声が聞こえた。

だが、すぐに猿轡《さるぐつわ》でも嚙まされたようにくぐもって、喘《あえ》ぎ苦しむ声に変わった。

やがて足をばたつかせたのか、さらに激しく下草が揺れた。

闇の中で起こっている事は、どうやら不届きな侍が、か弱い女を連れてきて陵辱しているようだった。たったひとりの女を、三人がかりで手籠めにしていたのだ。いずれも、まだ十六、七歳の若侍である。

そのとき、枯れ枝か何かを踏む音に、三人は同時に振り返った。

「!?——誰だ……おまえは」

立ち上がろうとした若侍のひとりの眉間に、いきなりガツッと刀が振り下ろされ、鮮血が飛び散った。暗くてよく見えないが、生温かい血であることはすぐに分かった。

「ひ……ひい……」

他のふたりの若侍が這いずって逃げだした。足だけはすばしっこく、こけつまろびつしながらも、あっという間に斬られた仲間を捨てて逃走した。

仰向けに倒れているのは若い娘だったが、失神しているだけだった。着物の裾《すそ》がたくし上げられ、白い足には無惨な切り傷が幾重にもあった。若侍の眉間を叩き斬った男は、鞘《さや》に刀を納めてから、裾を戻して足を隠してやった。

だが、その男は女をそのままにして、踵《きびす》を返した。微《かす》かに月と星の明かりに浮かんだ姿は、夜だというのに深編笠であった。口元から顎《あご》にかけては、立派な髭《ひげ》を蓄えていた。それは、公儀や藩に仕えていないことを物語っている。しかし、浪人にしては、折り目正しい黒っぽい羽織袴を着ており、いかにも武芸者らしい足取りであった。

翌朝——。

眉間を割られて死んでいる若侍の姿は、中川船番所の役人が見つけた。すぐさま北町奉行の遠山左衛門尉景元が同心に命じ、殺しとして探索が始まった。

だが、殺された若侍の身元が、勘定方の旗本・樫山《かしやま》釆女正《うねめのしよう》の子息、総太郎《そうたろう》であると判明するのに、時はかからなかった。旗本が殺されたということで、目付も探索に動き始めた。

樫山総太郎が殺された現場を丹念に検分しているのは、北町奉行所定町廻り同心の古味覚三郎と、岡っ引の熊公であった。

幾つもの〝遺留品〟が残っている。印籠《いんろう》や根付け、扇子《せんす》や脇差し、女物の帯締めや簪《かんざし》なども落ちていたのを、拾い集めた熊公は、首を傾げながら、

「殺された樫山総太郎の他に、侍も何人かいて、女もいたってことですかね」

と訊くと、古味も唸って、

「てことだな……女を取り合って、争って斬り合ったか……」

「そんな艶っぽい話なら、こんな鬱蒼とした所でやりますかねえ。そこら中、武家屋敷だ。門番や辻番人に見つかるだろうに」

「たしかにな……夜中は真っ暗だからな、この辺りは……俺だって気持ち悪くて、ひとりで来るのはいやだぜ」

「たしかに、古味さんはお化けが恐いですからねえ」

「余計な事を言わずに、もっとちゃんと調べろ」

「調べてますよ。へえ、へえ」

「なんだ。近頃、妙に不満そうではないか」

「袖の下をあちこちで貰ってんですから、もう少し給金を上げてくれねえかってね。あっしも色々と出ていくものがあって」

「結局、金の話か」

「旦那だって、大好きでやしょ？」

「分かった、分かった。そう突っかかるな。この事件が片付いたら、ドンと上げてやるから、しっかり働け」

「ほんとですね。しっかり聞きやしたよ」

耳を向ける熊公に、古味は面倒くさそうに「ああ」と頷いた。

そのとき、ふと視線を感じて一方を見やると、町方中間《ちゅうげん》らが木に結んである〝保存縄〟の外に立っている老人が目に入った。

「おや……吉右衛門……？」

一瞬、高山和馬のところの〝福の神〟かと思ったが、よく見ればまったく違う風貌だった。袖無しの羽織に野袴という姿で、竹箒《たけぼうき》を手にしている。少し背が丸くなっているから、杖代わりかもしれぬが、目には妙な力があった。

古味がその老人の方に向かい始めると、熊公は訝《いぶか》しげに、

「どうしたんです、旦那……」

「おまえは、とにかく、この場に残っていた物から、樫山総太郎とここに来たであろう奴らを、すぐに洗ってくれ」

「へえ、承知しやした」

駆け出す熊公を見送って、古味は老人の前に立った。

「ご隠居……この近くにお住まいですか」

「私……？」

老人は自分を指さして、辺りを見廻してから、

「そうですな。隠居なんて言われるのは、私くらいですな……いやいや、自分ではさ

ほど年を取ってないつもりですが、そう見えるのですな、はは」

愛想笑いをする老人に、古味は険しい目のままで、

「近くに住んでいるのかと訊いてるのだ。この辺りは武家屋敷が多いが、あの若侍は一刀のもとに眉間を割られている。もしかして、そういう危うい者が、近くにいるという噂を聞いたことがないかと思ってな」

「はて……私は、すぐそこに拝領屋敷がある内海公琳《うつみこうりん》という者でござる」

「内海公琳……」

古味は口の中で繰り返して、アッと凝視した。

「もしや……勘定奉行まで務められた……内海主計頭《かずえのかみ》公琳様で……？」

「さよう」

「こ、これは、失礼をば致しました。申し訳ありません。そのような格好をなさっておいでですので、てっきり……」

ただの爺さんかと思った——という言葉は呑み込んで、いたく恐縮する古味に、内海は微笑《ほほえ》み返して、

「近頃は、心がけの悪い者が多くてな、そこかしこに物を捨てていく。犬や猫でも自分の糞くらいは始末をするのに、人間の方が手がかかる。まったく、いつから、だら

しのない輩《やから》が増えたのか」

と掻き集めた割れた茶碗や壊れた文机や沢山の紙屑などを、箒で指した。すぐ近くにガラクタと塵芥《じんかい》の山がある。内海は近所の武家の奉公人や裏店《うらだな》の住人などとも一緒になって、塵芥の処理をしているという。

「それは、ご苦労様です……しかし、まったく不届きものですな……町方の方でもしかと見廻って、注意を促しておきます」

「ああ。宜しく頼みますよ」

「ハハ……」

隠居の身とはいえ、相手は三千石の大身《たいしん》旗本である。権威や権力に弱い古味は、異様に緊張して直立したままで、

「ところで、昨夜のことですが……女の悲鳴とか、言い争う声とかを聞きませなんだか。内海様ですから話してもよかろうと思いますが、実は旗本の樫山総太郎という者が、額を割られて殺されてました」

「ほう。それは、それは……」

箒を小脇に抱えて、内海は目を閉じて合掌《がっしょう》をした。

「まだ原因は分かりませぬが、その場には、女の簪なども残っておりましたゆえ、何

か揉め事でもあったのであろうと推察しております」

「何とも痛ましいですな」

「まだ十六、七の若侍です……近頃は、旗本の子息らが、つるんで人々に迷惑をかけている話も聞きます……あ、いえ、内海様のご子息がそのようなとは、言っておりませぬよ」

思わず古味は手を振って否定したが、内海は寂しそうな笑みを浮かべて、

「いえ……私の倅は、もう三年も前に亡くなっておりますのでな……」

「え……それは悪いことを、お話ししました……」

「跡取りがおらぬので、我が内海家はこのままでは、お取り潰しになる……殺された若侍の家も……もしかしたら、親御殿は私と同じような思いをするかもしれぬな」

しんみりとなった内海に、古味はどう返してよいか分からず、

「――あ、とにかく……もし何か気になることがあれば、拙者……北町奉行所の古味覚三郎という者ですので、お報せ下さい」

「分かりました。一刻も早く、下手人《げしゆにん》が見つかればよろしいですな」

内海は軽く頭を下げると、覚束《おぼつか》ない足取りで川沿いの路を屋敷の方へ戻っていった。

時々、箒で塵芥か枯れた草花を掃いている。

「楽隠居……とはいえ、息子を亡くしたのなら、寂しいのであろうな」

古味は小さく溜息をついて、静かに見送っていた。

二

内海家は小名木川沿いの銀座《ぎんざ》御用屋敷の隣にあった。川を挟んで対岸には御三卿《ごさんきょう》の田安《たやす》家や老中を務めた土屋《つちや》釆女正などの抱《かかえ》屋敷が連なる。他にも立派な長屋門が続くが、内海の屋敷は大名家に比べれば小さいが、庶民から見れば大屋敷だった。

瀟洒《しょうしゃ》で落ち着いた感じだが、表とは違って屋敷内は、金糸銀糸の刺繍《ししゅう》や金箔を貼り詰めたような屏風《びょうぶ》、狩野《かのう》派の襖《ふすま》絵、天井《てんじょう》も彩色豊かな絵や紋様が施されている。表で近所のおばさんたちと仲良く、塵芥拾いをしている好々爺《こうこうや》とはまったく違った印象の屋敷内であった。

家臣は何人もいるようだが、身近な面倒は中年の太兵《たいへい》という小者がほとんど担っており、奥向きの女たちとの交流もあまりなさそうであった。

黄金の髑髏《どくろ》や金色の床几《しょうぎ》などはもう悪趣味としか言いようがなく、外面と内向きの二面性を物語っていた。かといって、家臣をいたぶったり、近所の下級武士や町人を蔑《さげす》むというのではない。常に黄金に包まれているような暮らしを長年してきたのであろう。慣れきった様子で、妙ないやらしさがないのは、まるで世捨て人のような風貌と態度だからであろうか。

「――殿……」

遠慮がちな声が、廊下から聞こえた。太兵のものであることは、内海にはすぐに分かった。安堵したような笑みを浮かべて、口に咥《くわ》えていた煙管《きせる》を外すと、

「構わぬ、入れ。一々《いちいち》、遠慮をするな」

「ははッ……」

入ってきたのは、四十絡みの小柄な男である。気心が知れていても、主君と家臣、いや家来以下の小者であるから、恐縮して当たり前であった。

「謡《うたい》と仕舞《しまい》をお見せするために、能楽師《のうがくし》を連れて参りました」

「さようか……ならば、それへ」

障子戸を開けると、能楽堂が設《しつら》えられてある中庭があった。キザハシの下は池になっており、きらきらと陽光が光っている。

人間の情念を〝わびさび〟をもって表現する能楽であるにも拘《かか》わらず、能楽堂もまた金ピカで、鏡板《かがみいた》の青松は枯れて、枝葉が血が飛んだように赤く、本舞台や橋掛か

りはさすがに檜《ひのき》のままだが、一の松から三の松も枯れており、シテ柱、目付柱、脇柱、笛柱は黄色だった。

　どう見ても悪趣味である能楽堂で、舞わねばならぬ能楽師はさぞや気味悪いことであろうが、元々、幽玄能が多いゆえか、面を付けた役者の動きは堂々としたもので、地謡《じうたい》も腹の底から響き渡る声には、人の魂を剔《えぐ》るような得体の知れない力があった。

　ふつうは太鼓《たいこ》や鼓《つづみ》、小鼓、笛が入るが、なぜか内海は、それらを排除して、謡と舞いだけで、「胡蝶《こちょう》」や「西行桜《さいぎょうざくら》」などに接するのであった。ぼんやりと観ているが、内海の顔は楽しんでいるのか、苦しんでいるのか分からぬ複雑な表情であった。

「殿……心の臓は大丈夫でございますか」

　同じ座敷だが、離れた下座で一緒に観ていた太兵が声をかけた。眉間を寄せているので苦しいのかと思ったのだ。心の臓が時折、不整脈になる持病が、内海にはあったのだ。

　内海は目を細めたまま、恍惚《こうこつ》の笑みを浮かべて、

「清之助《せいのすけ》も大層、能楽が好きだった。観ているだけで、頭の中のもやもやが消えて、気持ちよくなるとな」

「はい……大丈夫ですか」

「案ずることはない。小さな頃から、能楽を心から楽しんでいた息子の顔を思い出したまでだ。太兵、おまえには退屈だろうがな」

「そのようなことはございませぬ。近頃、少しばかり、描かれていることの意味が分かるような気がしてきました」

「さようか。私は未だに分からぬ、ははは……」

穏やかな目を向けると、内海は満足そうに頷いた。

すると──トトン！　と激しい足踏みをして能楽師の足が止まった。檜の床を叩くように跳ねたのだ。

概《おおむ》ね能楽はぼうっと見ているが、最後に踏み鳴らす能舞台の音で、ハッと現実に戻るといわれている。それが幽玄能の醍醐味で、能楽師はその後、ゆっくりと橋掛かりを揚幕《あげまく》の方に戻っていくのである。

ところが、能楽師は終わっても立ったまま、その場にいる。

不思議そうに内海が見ていると、おもむろに能楽師は被《かぶ》り物を取り、面を外した。

「──おお……これは、これは……！」

内海が吃驚《びっくり》して見た露《あら》わになった能楽師の顔は、吉右衛門だった。

「ご無沙汰しております、吉右衛門様」

懐かしそうに内海の方から歩み寄ろうとしたが、吉右衛門は「そのまま、そのまま」と言ってから、

「清之助殿には遠く及びませぬが、真似《まね》てやってみました」

「いやいや。そろそろ古稀《こき》の御仁の動きとは、到底思えませぬ」

「そろそろではなく、成りました。はっはっは……」

「そうでございましたか……私もこのとおり、すっかり隠居でございます。しかし、吉右衛門様、どうしてここへ……」

「近くの菊川町《きくかわちょう》に住んでおりますので。小普請組旗本の高山家に世話になっております」

「高山家……」

と言って言葉を呑み込んだ。徳川御一門、松平出羽守《まつだいらでわのかみ》に繋がる者だと承知しているからである。同時に、吉右衛門がそこに身を寄せているのも当然という顔になって、

「さようでございましたか……ならば、うちともすぐ近く。これからは仲良くして下されば幸いでございます」

「相変わらずの不精者ですが、こちらこそ、よしなに……」

吉右衛門が微笑みかけると、内海は何十年来の友のように歓待するのだった。

その頃――。

北町奉行所の定町廻り同心部屋では、蜂の巣を突《つっ》いたような騒ぎになっていた。

樫山総太郎の死体が見つかった所に落ちていた遺留品から、すぐさま旗本仲間のふたりが一緒であったことが判明したのだ。ひとりは、藤村秦十郎《ふじむらしんじゅうろう》という長崎奉行の息子と、木下佐乃助《きのしたさのすけ》という山田奉行の息子であった。いずれも大身の旗本である。

殺された樫山総太郎は、わずか三百石の旗本の子息ゆえ、他のふたりよりも随分と格下である。この樫山が殺された理由は、藤村秦十郎も木下佐乃助もきちんと話そうとしない。笹倉徳内《ささくらとくない》という目付がそれぞれを何度か呼びつけて質問をしたものの、ふたりとも、

「知りませぬ。さような所へは行っておりませぬ」

との一点張りだった。では、遺留品である印籠や根付けなどの類《たぐい》はどうしたのかと、目付が問い詰めても要領を得なかった。

だが、北町奉行の遠山左衛門尉景元が、ふたりの親に許可を得ずに、評定所に呼びつけて、まるで断罪でもするように、執拗に問い詰めたのだ。そのことで、幕閣らは厄介事になってしまうと恐れて、遠山の権限を封じて、一切を笹倉に委任してしまっ

た。

　藤村秦十郎の父親・藤村土佐守《とさのかみ》と木下佐乃助の父親・木下阿波守《あわのかみ》は旗本ながら、守《かみ》名乗りをしているのは遠国《おんごく》奉行として任地に赴《おもむ》いているからであり、格式からいっても、江戸町奉行、勘定奉行、寺社奉行といういわゆる三奉行と同等である。長崎奉行の藤村家は八千石の大身であり、その役職からいっても大名並みであった。

　その子供たちを、一方的に責め立てる遠山の強引さに、老中や若年寄が「待った」をかけたのである。

「我がお奉行の読みは……藤村秦十郎か木下佐乃助のいずれかが、あるいはふたりが、樫山総太郎を殺した……ということだ」

　古味は、熊公に小声で言った。

　奉行所を出てから、京橋《きょうばし》の方に向かった所にある茶店である。

「どういうことです、旦那……」

「だから、大身の旗本のご子息ふたりが、仲間を殺したってことだよ」

「そういう意味じゃなくて、なんで俺にそんな話をするんです」

「え……？」

「だって、公儀のお偉い方々が、遠山様まで身動きできなくさせて、事件の真相は目付に委ねたんでしょ？　もう、あっしらがあれこれ探索することは……」

「尻込みするのか、熊公」

「別に？　ただ、俺たちが、しゃしゃり出ることではないかと」

「たしかに、そうだが……藤村秦十郎、木下佐乃助、樫山総太郎……この三人は、旗本のガキどもの中でもタチの悪い奴らだと評判でな、自ら〝天誅党《てんちゅうとう》〟と名乗っている。気に食わない奴らは斬り捨てるそうだ」

「えっ……そんな無茶苦茶な」

「逆に斬り殺されたみたいだがな。甘やかされて育った旗本のガキどもは、大体が親の権威を笠に着て、ならず者を手下に使って、弱い者いじめをするのが相場だ。若いくせに、ろくに剣術の稽古もしねえから、力が有り余って、その分、悪さばかりしているって輩だ」

呆れ返った口調になる古味に、熊公は頷きながらも、

「だからって、旦那が調べることじゃありやせんよ。どうせ、仲間割れかなんかって、お奉行もそう睨んでるんでやしょ？　だけど、きちんとした証拠はないわけだし、旗本のガキ同士の喧嘩で、あれこれ揉めたくないし、世間体《てい》もあるから、この一件、公儀のお偉方は密かに葬ろうとか……」

「そうではないのだ」

真顔になって、古味は言った。

「遠山奉行に耳打ちされたのだ……密かに探索してもらいたいとな」

「お奉行に耳打ちを……？」

言いかけて、熊公は大笑いした。

「旦那……まだ残暑が厳しいとはいえ、頭は大丈夫ですかい。第一、袖の下を貰うのが関の山で、ろくに手柄も立ててねえ旦那が、お奉行直々に囁かれるわけがねえ。あるとしたら、馘《くび》だ」

「黙って聞け、バカやろうめが」

険しい声で制すると、古味はまた声を潜めて、

「いいか。お奉行が、〝天誅党〟と呼ばれる不良たちが仲間割れしたと言ったのは、目付の探索の目を逸らすためだ」

「目付の目を逸らすって……洒落《しゃれ》ですか」

「おい」

「あ、へえ……すみません」

「お奉行の狙いは他にある。別の誰かが、仲間割れに見せかけて殺したか、さもなく

ば、俺たちが思いも寄らぬ訳があるに違いないと睨んでいるのだ」

もったいぶったような言い草に、熊公は少し苛々《いらいら》となって、

「だから、何なんでやす。その訳とは」

「それを探索せよって命じられたのだ。いいか……もしただの仲間割れとか喧嘩ならば、物を落として逃げることは考えられないし、あの場所でやるとも思えぬ……そして、女物の簪……一体、誰の物で、どうして、あの場所にあったかってのが謎だってんだ」

「お奉行が……」

「ああ。〝天誅党〟が隠したがる何か裏があることは間違いあるまい。奴らの父親は赴任先だが、いずれ厄介事は揉み消しにかかる。さすれば、目付の笹倉様は旗本を見張る役目とはいえ……いや、だからこそ、上から言われて、肝心なことをわざと見逃すかもしれない。いや、揉み消すために駆り出された節もあるのだ」

「分かりやした。遠山のお奉行様は、一旦、事件から引くと見せかけて、真相を探るってことですね」

「さよう。その密命が俺に下された……ってことは、出世の目もあるということだ」

欲の皮が突っ張った古味を見て、熊公も給金が上がると算盤《そろばん》を弾いたのか、

「いいですねえ、いいですねえ……前祝いに一杯いきますか。茶じゃ、つまらねえし」

「それは、糸口を摑んでからにしよう」

「糸口って?」

「女だよ……簪の持ち主を探し出せば、その場の様子を見たかもしれぬからな。事件は一挙に核心に迫れると思うのだがな」

「なるほど……」

「奉行から預かってきた。これだ……」

簪には、小さな赤い鶴の絵柄が彫られている。これをもとに職人を隈《くま》無《な》く当たれば、さして造作のないことであろうと、古味は踏んでいるのだ。

「よし、分かりやした。探し物は、あっしの得意中の得意なことなんで」

熊公はその簪を大切そうに懐《ふところ》に仕舞い込むと、すぐに腰を上げた。

「おい。質屋に持ってって、よからぬことを考えるなよ」

「旦那とは違いやすよ」

真顔で駆け出していく熊公を、古味は苦笑で見送った。

三

殺気を感じるというのは、めったにないことである。高山和馬は背中に痛い視線を感じて、近くにあった一膳飯屋に入った。食台が五つばかりある小さな店だが、奥に行って壁を背にして腰掛けると、味噌田楽《みそでんがく》と菜飯《なめし》を頼んで茶を飲んだ。

まとわりついていた殺気が店の前で止まり、外気とともに暖簾《のれん》を潜《くぐ》ってきた。五十絡みの偉丈夫《いじょうふ》な侍である。一見して、幕府の御家人か何処かの藩士であろうか。

和馬は素知らぬ顔で茶を啜っていたが、五十絡みの男は和馬に近づいてくると、腰をわずかに屈めるや、いきなり抜刀して和馬に斬りかかった。すでに見抜いていた和馬は熱い茶をサッと相手の顔にかけたが、素早く避けられ、二の太刀を落としてきた。和馬は刀を半分だけ抜くと、ガキンと相手の刀を受け、体を預けるようにして押し返した。

相手が二、三歩後ろに引いたときには、和馬はすでに抜刀しており、青眼に構えて切っ先を相手の鳩尾《みぞおち》辺りに向けていた。敵からすれば、間合いの取りにくい構えだ。

驚いた店内の客は、逃げ出すこともできないくらい強張っている。

「客が迷惑だ。表に出ろ」

それでも刀を押しつけてくるのを、和馬はグイと押し返し、

「耳が聞こえぬのか」

「……畏れ入りました」

次の瞬間、ふいに相手の力が抜けて、刀を引くと鞘に戻して腰を落とし、和馬を見上げた。周りの客たちはざわついたが、何事かあってはならぬと逃げ出した。

だが、殺気が消えたわけではない。和馬は〝残心〟を取りつつ刀を納めると、目の前の侍に声をかけた。

「命を狙われる覚えはないがな……それとも腕試しか」

「申し訳ございませぬ、高山様」

「俺の名を知っているとは……子細があるようだな」

「ご無礼を致しました。このとおり、お詫び申し上げます」

お互い腕前を知って、内面のありようも見抜いたようだった。和馬は店の主人に迷惑をかけたと、逃げ出した客のぶんの飯代なども支払って、五十絡みの侍を促して表に出た。

むろん、相手は和馬のことを小普請組旗本であることを承知しているが、どうやら

頼みたいことがあり、そのために腕試しをしたようだった。和馬は〝無職〟ゆえか、これまでも武家屋敷の用心棒紛いのことを頼まれたことがあるが、なるべく断っていた。

殺気は薄くなったとはいえ、気を緩めることができなかった。

五十絡みの浪人が和馬を連れてきたのは、富岡八幡宮の料理屋だった。元深川芸者がやっている〝けもの屋〟という猪《いのしし》の肉を扱う店で、精進料理と称して猪の煮込みなどが〝鮪《まぐろ》〟として出されていた。

「俺は酒がダメでな。ほとんど下戸《げこ》なのだ」

和馬は茶でやり過ごしたが、まだ名乗らぬ相手は鰹《かつお》と〝鮪〟をあてに冷や酒をキュッとやってから、改めて挨拶をした。

幕府の御家人で、道中奉行配下の間山仙十郎《まやませんじゅうろう》という者だという。道中奉行は大目付と勘定奉行がそれぞれ兼ねるが、問屋場などいわゆる街道の運営に関わっている。間山と名乗った男は、和馬から見れば父親に近い年だが、いわば下級役人だった。

和馬が訝しんでいると、間山はおもむろに頼みがあると言った。

「貴殿は、〝縁切り松〟と繋がりがあるらしいが、拙者と娘の縁を切ってもらいたい」

「なに……？」

「お願いできるだろうか」

「藪《やぶ》から棒に腕試しをした上に、今度は奇妙な依頼だな。〝縁切り松〟とは、久能のことなのだろうが、俺とは関わりない。おぬしも御家人ならば耳にしているだろうが、すでに評定所の裁決で切腹となっている」

「――いや、知らなんだ……切腹ですか……」

「〝縁切り松〟というよりは、元勘定奉行の地位を利用して、公儀普請に纏わる賄賂《わいろ》を手にしていたことが、その理由だ」

「さようでしたか……」

「繰り返すが、俺は縁切り云々《うんぬん》にはまったく関わりない」

手荒い真似をしてきた相手を、和馬は信じることはできぬ。娘との間に何か事情があるのだろうが、いくら人助けが好きでも、胡散臭《うさんくさ》い事件は御免だった。だが、

「何か人に言えぬ訳でもあるのか」

と訊いてしまった。また余計なお節介をと、吉右衛門に詰《なじ》られそうだが、それが性分だから思わず言葉に出てしまった。案の定、間山は救いを求める目で、

「実は、娘が命を狙われているのです」

「命……穏やかではないな。一体、誰にだ」

「今は、言えませぬ」

　じろりと間山を見やった和馬は、半ば呆れた声で、

「あれだけの気迫で俺に斬りかかってきて、殺されかけてると言われてもな。一歩、間違えれば、こっちは怪我では済まなかった……そもそも、その腕前があれば、娘のひとりやふたり守ってやれるであろう」

「むろん、そうしたいのですが、敵はかなり執拗な輩で……拙者も役儀があるゆえ、一時も娘と離れずにいることなどできませぬ。中間や小者はおりますが、一緒に殺されるのがオチでござる」

「それほど恐ろしい相手なのか」

　間山が大きく頷くのを、和馬は凝視していたが、

「いや、どうも、はっきりせぬな。仮に〝縁切り松〟とやらに頼むとしても、娘の亭主が乱暴を働くとか、しつこく嫁になれと狙ってくるとか、そういう者たちに付きまとわれているから、縁を切ってくれと頼むのではないのか」

「ええ。もちろん、その類です」

「だったら、父親らしく相手とキチンと話せばよかろう。人を当てにする話ではないと思うがな。俺も暇ではないので、御免」

和馬が立ち上がると、間山は先刻の態度とは打って変わり、

「お待ち下され……奈美《なみ》の……娘の命がかかっているのでござる」

「ならば真実を話すがよかろう」

間山はしばらく唇を噛んでいたが、

「――承知しました……」

と頷くと、しっかりと和馬を見つめ直して、話し始めた。

「実は先日、小名木川の河畔にて、旗本の子息である樫山総太郎という若者が殺されました。額を一刀のもとに割られたとかで、町方と番方で調べております」

「その話は耳にしているが……」

「殺されたという場所にいたのは……私の娘を含めて、四人だと思われます」

「四人……おぬしの娘も……」

「娘の奈美は、三人の男たち……いずれも〝天誅党〟と名乗る評判の悪い連中で、私の娘を……りょ、陵辱したのです……」

最後の方は息苦しそうに、間山は言った。

「殺された樫山総太郎の他に、藤村秦十郎、木下佐乃助がいました……樫山の父親は三百石の旗本ですが、他の二人は、いずれも父親は遠国奉行という身分の高い旗本で

す」

「…………」

「殺された樫山総太郎だけが、小心者らしかったらしく、他の者たちに扱《こ》き使われていたとのことですが……とにかく娘を酷い目に遭わせた輩のひとりが殺されたのです」

「俺も旗本が殺されたという事件については聞いていたが、そんなことがあったとは……で、樫山総太郎とやらを殺したのは？」

「そのことなのです……」

間山は苦しそうな声で続けた。

「私の娘の話では、三人によって陵辱されていた途中……はっきりとは顔は見えなかったが、髭面の深編笠の侍が来て、いきなり樫山総太郎を叩き斬ったとか」

「…………」

「樫山を狙って斬ったのか、目の前にいたから斬ったのかは分かりませぬが、とにかく娘はその深編笠の侍に助けられたのです……」

「助けられた……」

「というか、娘は気を失っていたのですが、目が覚めた時は、乱れた着物の裾を直してくれており……、おそらく、その前に藤村秦十郎と木下佐乃助のふたりは、恐れをなして逃げたのでしょう」

「なるほど……」

和馬は肘《ひじ》をついて唸り、

「藤村と木下……そのふたりが、口封じに娘さんの命を狙っている……とでも思っているのだな」

「そのとおりです。町方や番方では、藤村と木下、そして樫山の間で何か仲間割れになるような揉め事があり、そのために斬り合いになったのでは……と考えてます」

間山は身を乗り出して、迫るように続けた。

「しかし、事実は違う。誰かが娘を助けるために、樫山を斬ったのです」

「ならば、藤村と木下という若造ふたりは、正直にそう言えばよいではないか」

「そんなことをすれば、娘を陵辱したことが表沙汰になるかもしれませぬ。人殺し扱いをされるよりはマシだと高山様は思うかもしれませぬが、藤村と木下にとっては……いや、父親たちの立場も危うくなるでしょう」

「うむ……」

「ましてや、私の娘が公の場で、陵辱されたことなどを話せば、一生……人目を忍んで生きていかねばなりませぬ。たとえ自分が悪くなくても、害を受けた方であっても、さようなことは世間には言えませぬ」

和馬はまだ若く、我が子を思う親心が如何なるものか想像はできないが、もし自分の娘が同じ目に遭ったとしたら、仇討《あだう》ちをするかもしれぬと思った。

「万が一、奈美さんが口外しては困る。だから、藤村と木下が口封じのために、奈美さんを狙っている……そのときにあったことが公になるのを恐れているということだな」

「はい。樫山総太郎殺しについては、町方は手を引き、目付だけで探索を続けています。ということは、おそらく揉み消しにかかっているのでしょう。そして……樫山総太郎を斬った奴を探し出して、それも闇の中で始末する……つもりではありますまいか」

「なるほどな。だが……」

和馬はいま一度、間山を見つめて、

「娘と縁を切りたいという意味が分からない。もしかして……娘に累《るい》が及ばぬようにしておいて、自分とはまったく関わりをなくしてから、他のふたりに仇討ちをしたいのではないのか」

それには答えなかったが、間山は縋《すが》るような目になって和馬に訴えた。和馬はジロリと睨み返して、

「どうやら図星のようだな」

「まさか。決して、そのようなことは……畏れ多くてできませぬ。だからこそ、娘だけは救いたいのでござる」

決然と言う間山だが、目の奥では別のことを考えていると和馬は感じていた。

四

俗に〝鞘番所《さやばんしょ》〟と呼ばれる深川大番屋では、商家の女将《おかみ》ふうの中年女が、大声で熊公に迫っていた。あまりにも激しく摑みかかるので、大柄な熊公でも倒れそうだった。女将ふうもまた女相撲の力士並みだった。

「親分さん！　何度、話したら分かるんですか。私の娘……お里《さと》が行方知れずになって、もう十日も経つんですよッ。しっかり探して下さいな、熊公親分！」

「だから、探索中だって言ってるだろうが。こちとら、色々と忙しいんだよ」

「なんですよう。旗本が殺されたら一生懸命、調べるくせに、町娘がひとりいなくな

ったら、神隠しでお終いですか」

「そんなこと誰も言っちゃいねえだろう。物事には順番が……」

「もう十日も前ですよ！」

「けどな……お里は昔から、いきなり姿を晦《くら》ましては、一月《ひとつき》か二月《ふたつき》したら、ひょっこり帰ってくるじゃないか……大概《たいがい》は誰か男と駆け落ちしていたとか言いながらよ」

呆れたように熊公が言うと、女将ふうはしょげて、

「たしかに、そうだけどさ……今度ばかりは嫌な予感がするんだよ」

と耳元で大声を上げた。

「うるせえ。鼓膜が破けるじゃねえか、こらッ……」

「小耳に挟んだんですがね。その旗本が殺されたっていう所に、簪が落ちてたんでしょ。もしかして、うちの娘のじゃないかって思いましてね」

心配そうに尋ねる女将ふうに、熊公はあっさり答えた。

「それなら、もう分かった。ありゃ五両は下らない上物でな、しかも〝彫り辰《たつ》〟という凄腕の職人が作ったものだ。おまえさんの娘、そんなものを挿してる玉かい？　あのおかめには似合わねえだろう」

熊公にそう迫られて、女将ふうは一瞬、〝彫り辰〟という言葉に引っかかったよう

だが、

「……たしかに似合わないかもしれないけどさ……誰かと駆け落ちでもしたのか、うちの娘がいなくなったのは事実なんだ。ちゃんと探して下さいな、ねえ」

急に寂しそうな声になって、熊公の袖を引っ張っていると、古味が入ってきた。

「なんだ、またおまえか」

八丁堀同心の姿を見て、さすがに女将ふうは恐縮したのか声を小さくして、

「古味の旦那……しつこいようですけど、あたしゃ心配なんですよ」

「あんた、仙台堀川は伊勢崎町《いせざきちよう》の炭問屋『榎木屋《えのきや》』の内儀《ないぎ》、お粂《くめ》さんだったな」

「はい。問屋といっても小売りに毛が生えたようなものですけれど」

「知ってるよ。心配なのはよく分かるが、またひょっこりと帰ってくるだろうぜ。もちろん町方でも探してやるから、心配せずに待ってな」

「ありがとうございます」

お粂は両肩を落として鞘番所から出ていった。熊公が溜息混じりに見送ると、古味が呆れ顔で言った。

「あの女将、心配し過ぎて、少々、おかしくなってるのではないか」

「少々どころじゃありやせんや」

「ま、実の娘が突然、いなくなれば心配するのは当たり前だ。しかも祝言《しゅうげん》間際《まぎわ》だったからな。可哀想《かわいそう》といえば、可哀想だが……」

古味は上がり框《かまち》に座ると、煙草《たばこ》盆を引き寄せ、

「その簪の持ち主だがな、熊公……」

「御家人の間山仙十郎の娘で、奈美というのが行方が分からなくなってるんだ」

「え……何か関わりが？」

煙管を咥えると深く煙を吸い込んで、古味は唸り声を洩らしながら、

「どうも妙なんだ……例の事件があってから後、近所の者の話では、たしかに間山さんの拝領屋敷に、奈美がいる様子はないらしいのだが……あまりにも突然に姿を消した」

「姿を消した……今の女将のとこみてえに」

「間山さんに直《じか》に尋ねたんだが、親戚の所へ預けた、花嫁修業でね……なんて言ってたが、そんな浮いた話はなかった。ただ……」

「ただ？」

「殺された樫山総太郎とは、もしかしたら一緒になるかも、なんて話はあったらしい」

「ええ!?……てことは、この前の一件と関わりがあるってことですかね」

「かもしれぬな。だが、肝心の樫山総太郎が死んでしまい、他の藤村秦十郎と木下佐乃助は、知らぬ存ぜぬだ。その場にいたという証拠の品を見せつけられても、何処かで失ったとか盗まれたとか言うだけで、目付の笹倉様も手を拱《こまね》いているとか」

「本当に性根が悪い奴らですね」

「親の躾《しつけ》のせいだろうがな……藤村と木下がてめえの身を庇《かば》うために、何かを隠しているってことは間違いなさそうだ」

「隠してる……」

熊公は「なるほど」と手を叩いて、

「じゃ古味の旦那は、奈美っていう間山様の娘が雲隠れしたことも、関わりあると睨んでいるんでやすね」

「うむ。その場に、奈美がいたとしてだ。事の一部始終を見ていたとしたら、藤村と木下に何か不都合がある。だから娘は姿を消させろと、間山さんは上から命じられたのかもしれない……何しろ相手は長崎奉行と山田奉行だ。大身の旗本に目をつけられては、道中奉行配下の間山さんとしても奉公しにくかろう」

「……てことは、その娘を探し出せば、少なくとも、その場のことははっきりするるってことですね」

「今日はおまえ、頭が冴えてるな」

「馬鹿にしてるんですか、旦那。俺だってたまにはね……そんなことより、何処にその奈美がいるかですね」

「それを探すのが俺たちだろうが」

古味は煙草をゆっくりと楽しみながら目を細めた。


その夜、遅くなってからのことである。永代橋《えいたいばし》東詰にある船着場で、間山はひとり、人待ち顔で佇《たたず》んでいた。

江戸湾からの海風で、係留している屋形船がギシギシ揺れ、舳先《へさき》が船止めにぶつかっていた。蒼い月を雲が覆い尽くして、今にも雨が落ちてきそうである。

「――娘は連れてきたか……」

ふいに背後から声がかかった。いつの間に来ていたのか、柳の木の下から、黒っぽい羽織袴の武家がひとり出てきた。

「誰だ……」

「藤村秦十郎様の用人、吾妻《あづま》だ」

「あんなクソガキに用人なんぞがいるのか」

「言葉を慎め、間山」

「俺も一応、公儀の役人だ。旗本の家来に過ぎぬ奴に呼び捨てにされる謂われはない」

「………」

「放蕩《ほうとう》息子たちは、どうした。拙者は、藤村秦十郎と木下佐乃助に、ふたりだけで参れと使いを出したはずだがな」

「おまえが娘を連れてくるのが条件だ」

相手は鋭い目で睨みつけ、刀の鯉口《こいぐち》を切った。

「ほう。拙者を斬るつもりか……その程度の腕前で」

「なんだと？」

「拙者、道中奉行に奉公する前は、書院番詰めだったのだがな」

書院番とは将軍の身辺護衛をする番方である。大概は、柳生新陰流《やぎゅうしんかげりゅう》の免許皆伝だ。

「おまえのような、なまくら剣法では怪我をするだけだぞ……さっさと、藤村秦十郎と木下佐乃助を呼べッ」

「呼んでどうする。得意のその腕で斬るか」

「――やはりな……」

間山は苦々しく口元を歪めると、ペッと唾を吐き出し、

「娘の言ったとおり、ふたりとも反吐《へど》が出るくらい卑怯者だということだな」

「秦十郎様は、おまえの娘に色目を使われたと言っているぞ」

「出鱈目《でたらめ》を言うなッ」

「奈美は、樫山総太郎様に入れ上げて、嫁にして欲しいとせがんでいたそうだが、総太郎様からすれば、ただの遊び相手……だから、秦十郎様と木下佐乃助様に〝お裾分《すそわ》け〟をしてやっただけだ」

「お裾分け……」

「さよう。おぬしの娘御はなかなかの好き者で、あそこの具合もなかなか良いらしい。だから、親友同士で分け合っただけだ」

「！――おのれッ」

頭にきた間山は鋭く抜刀して、目の前の藤村秦十郎の用人に斬りかかったが、ほんのわずかに避けられた。だが、一寸、間違えば眉間を斬られていた相手は、驚きの悲鳴を上げながらも、

「先に手を出したのは、そっちだからな。おい！」

と声をかけると、八人ばかりの侍が路地から現れるや素早く抜刀して、間山を取り囲んだ。その人数に驚いた間山だが、誰かが潜んでいた気配は察知していた。

「なるほどな……いずれも卑怯者揃いか。旗本が聞いて呆れるわい」

「間山。悪いことは言わぬ。娘を差し出せば、御家だけは守ってやる。それに、はっきりと言うておくが、樫山総太郎を殺したのは、秦十郎様でも木下佐乃助様でもない」

「なに……？」

「突然、現れた訳の分からぬ、深編笠に髭の男の仕業《しわざ》らしい」

「ならば、公《おおやけ》の場でそう言うがよい。それにな……」

ほくそ笑んで、間山は言った。

「残念ながら、娘はもうこの世にはおらぬ」

「なに……？」

「何処をどう探そうと、おまえたちには見つけることができぬ。つまりは、藤村秦十郎と木下佐乃助の悪事をバラす者もいないということだ。安心するがいい。俺も余計なことは決して言わぬ。しかし……」

「しかし……？」

「拙者は、そのふたりが許せぬ。娘の操《みさお》を汚した仇討ちと思ってもらって結構。この手で成敗してやるから、さあ呼んで参れ」

「血迷ったか、間山！」

秦十郎の用人がいまひとたび、声を荒らげて斬りかかると、同時に他の者たちも躍りかかった。間山は身を低めながら、まず用人を斬り倒した。その見事な太刀捌きに、他の者たちはわずかに怯《ひる》んだが、逃げる者はいなかった。

逆袈裟《ぎゃくけさ》懸《が》けに斬られた用人は、もんどり打って仰向けに倒れた。毅然と振り返った間山に、背後から近づいていた侍が突きかかったが、それも捌《さば》いて横薙《よこな》ぎに払った。だが、脇腹に食い込んだ刀を、その侍は意地になったように脇で挟んだ。間山は引き抜こうとしたが、刀が取れない。

手を放して脇差しを抜き払って応戦しようとしたとき、背後と横手からグサグサッと次々と突かれた。さらに他の者も斬りかかってきた。無言のまま前のめりに倒れた間山の背中に、ひとりが止《とど》めを刺した。

風が強くなって、横殴りの雨が落ちてきた。

誰かが見ていたのか、闇の中で悲鳴が起こったが、侍たちは斬られた用人と仲間を抱きかかえて屋形船に乗せると、隠れていた船頭が立ち上がって急いで漕ぎ出した。

バラバラと激しい雨音が、船の屋根の上で鳴り響いてきた。

五

翌朝は雨上がりで、木々の緑が鮮やかに燦めいていた。

「――こんにちは……」

竹箒で溝に詰まっている葉を掻き集め取っていた内海公琳に、女の声がかかった。

振り返ると、見知らぬ中年女が立っていた。風呂敷包みを手にしていて、切羽詰まったような表情であった。

「ええと……どなたさんでしたかな……」

「何処のご隠居様か存じ上げませんが、朝早くから立派な行いでございますね」

中年女は、お条であった。

「毎日、やっていることですよ」

内海が微笑みかけると、お条は真剣なまなざしで、

「私は『榎木屋』という炭問屋の女将でございます。女将といっても、後妻ですが」

と卑屈そうに言った。

「炭なら間に合っておるがな」

押し売りだと思って、内海は箒を動かしながら断った。

「いえ、そうではなくて……実は、うちの娘が行方知れずになっておりまして……色々な所を探していたのですが、この辺りで見かけたというのを聞いて、とにかく駆けつけてきたんです」

「おや、娘さんが……」

「ええ。もう十日以上も……お里というんです。背は私よりも少し低いくらいで、ぽっちゃりと丸顔で、唇のこの辺りに小さな艶《つや》ぼくろがあります」

「はて、そのような娘さんは見かけたことがありませんな」

「でも、この辺りで何者かに酷い目に遭った娘さんがいて、そのまま姿を消した……そんな話を聞いたもので」

「残念ながら……私は毎朝、この近くを散策しているだけでしてな……詳しいことなら、ほれ、そこの自身番や辻番、向こうの橋番や木戸番にでも尋ねてみれば如何かな」

「もちろん何度も訊いてみました。でも、親分さんたちは色々と忙しいらしく、あまり相手にしてくれなくて」

「そうでしたか……では、私もこれからは気をつけておきます。ぽっちゃりしていて、ここに艶ぼくろでしたな……」

　集めた溝の葉を手で掬い上げようとして、内海が腰を屈めると、よろっとなって地面に座り込んでしまった。すぐさま手を差し伸べたお粂は、

「大丈夫ですか……何処か具合でも……」

「いえいえ。本当に、年は取りたくないもんですなあ。近頃は足がもたつきましてな」

「おうちの方は……」

「すぐ、そこですので、はい……」

　指した先は立派な長屋門の武家屋敷だから、お粂は驚いて、

「これは失礼致しました。お武家様とは思っていませんでした……申し訳ありませんん」

　恐縮していると、ぶらりと古味と熊公がやってきた。そして、お粂を見るなり、

「あんた、こんな所まで来て、迷惑をかけてるのかい」

「迷惑？　娘がいなくなったんですよ！」

　俄《にわか》に興奮気味になったお粂の肩を、熊公は軽く叩いて制した。

「旦那たちが、ちゃんと探してくれないから、自分でやるしかないんですよッ」

ぶるぶると全身を震わせて、異様なほど目を吊り上げている。そんなお条の姿を見て、内海は同情したのか声をかけた。

「よろしかったら、うちで休んでいったら如何です」

「いいんですよ、こんなのに気を遣わなくたって。それより、内海様の体のお具合の方が心配です、ささ」

と古味が手を貸そうとすると、年寄り扱いをするなとばかりに振り払って、

「今日は、もうひとりのご隠居も碁を打ちに来ることになっておる。その人はこの辺りで顔が広いから、頼んでみましょう」

と内海はお条に手を差し伸べた。

「このご婦人は、ちと心を病んでいるようだ。娘さんがいなくなったことと関わりがあろうから、私でよければ何かお役に立ちたい」

「え……そんな、畏れ多い……」

お条はためらいがちに身を引いたが、内海は優しく微笑みかけて、

「子を失った気持ち、よく分かります」

「え？　あなた様にも、そのような……？」

「——ええ、まあ……」

あまり多くは語りたがらない様子だったが、内海の武士と町人の身分の差を超えたような心遣いに、お条は思わず頭を下げた。そして、誘われるままに屋敷の中に入った。

「内海様、拙者もお話が……」

古味が追いかけると、熊公も金魚の糞のようについて入った。

広大な屋敷内の庭を見て、古味はハアッと深い溜息をついた。同じ武士でありながら、三十俵二人扶持の町方同心と、隠居をしても拝領屋敷で過ごすことのできる勘定奉行まで務めた大身の旗本の違いである。

「ふわあ、お見事……いいですなあ……羨ましい……拙者なんぞ、一生あくせく働いても、その庭石で囲った一角ですら手に入らない。あの能楽堂なんざ、まるで上様が上覧しそうな……もっとも町入り能ですら、拙者は観ることができませんからな。金持ちの町人しか……」

溜息混じりで言う古味の言葉には、内海は何も返さずに、暗い顔をしているお条を茶室を兼ねている離れの濡れ縁に腰掛けさせた。そして、小者に声をかけて、水を持ってこさせて飲ませた。

「あ、ありがとうございます……」

恐縮しすぎて震えるお粂の手に、そっと茶碗を握らせて、内海はしばらく包むようにしていた。さりげない優しさを目の当たりにした古味は、自分が屋敷の凄さばかりに驚いているのを恥じ入るように、

「すみません……内海様……こいつまで来てしまいまして」

と熊公のことを指した。町人がおいそれと武家屋敷に入ることはできない。町奉行所も岡っ引が入るのは御法度である。

「ああ、よいよい。おまえたちにも茶を出すから、しばらく待て」

「茶ですか。どうせなら、般若湯《はんにゃとう》ってふわっと気持ちよくなる方がいいですねえ」

熊公が飲む仕草をすると、古味はバシッと頭を叩いて「帰れ」と囁いた。

「なんですよ、旦那……いつもは町人たちに偉そうに振る舞ってるくせに。こんなに背中から仰向きに倒れるくれえ、ふんぞり返ってよ。なのに、身分の高い人にはヘエコラして、みっともないですぜ」

「お旗本だ。御家人の俺とは違うんだから、頭を下げるのは当たり前のことだ。おまえたちは町人だから分からないのだ、馬鹿」

「じゃ、言わせてもらいますがねえ。武士町人関わりなく、人ひとりが死んだんだ。

もしかしたら、女を陵辱した輩の仲間かもしれねえ。なのに、相手がお旗本だってことで、引き下がるんですかい、旦那！」

いつになく熊公が嚙みつくので、古味の顔が急に真っ赤になった。

「も、申し訳ありません、内海様……」

深く腰を折って謝ってから、「やっぱり、てめえは帰れ」と古味は熊公を引っ張って屋敷から追い出そうとした。すると、内海は穏やかな顔のままで止めて、

「乱暴をするでない、古味殿だったかな」

「あ、はい。名を覚えていただいて、恐縮です……」

「その熊公の言うとおりだ」

「はあ？」

言い訳をしようと身を乗り出した古味に、内海は機先を制するように言った。

「樫山総太郎殿のことならば、私も耳にしておる。父親とは面識もあるしな……驚いておる。はっきり聞いたわけではないが、他にもふたり、その場に旗本の子息がいたとか」

「ええ、まあ……」

内海ほどの身分ならば、寄合旗本でもあるし、事件の背景を知っていてもおかしく

はないと、古味は思った。

「目の前で起こった事件でありながら、私は何も知らなかったが、もし手伝えることがあるなら、力は惜しまぬ」

「有り難いお言葉です」

「熊公の申すとおり、命に貴賤はない」

「拙者もこの十手にかけて、下手人を探しとうございます。されど……」

古味が持つ十手が緊張で震えて、

「されど、これはお旗本には及びませぬが、もしかしたら、内海様はあの夜……」

と言いにくそうに続けた。

「樫山総太郎殿が殺された夜ですが、内海様は何かを見たのではございませぬか？」

「む？　どういうことだ」

「辻番の番人が、内海様が屋敷から出て何処かから帰ってきたのを見かけたというのです。一体、何処に……」

「はて……私は日が暮れる前に夕餉を済ませ、夜の五つになる頃には、もう寝ておる。年寄りは早寝早起きが当たり前でな。夜明け前に目が覚めるわい」

さらりと内海が答えたが、いつになく古味は執拗に尋ねた。

「そうですか……では、夜中に潜《くぐ》り戸から出入りしそうな御家中の方はおられますか」

「知ってのとおり、辻番は武家屋敷から交代で番人を出しておる。内海家からも中間を出しておるし、場合によっては家来も……なんなら、その夜のことを家中の者に訊いてみるか」

「あ、いえ、それには及びませぬ」

古味は丁寧に頭を下げて引き下がりつつも、

「ただ、樫山総太郎殿が斬られた所に……もう耳に入っているかもしれませぬが、道中奉行配下の間山仙十郎という御家人の娘もいた節があるのです」

一瞬、何が言いたいのだという顔になった内海だが、

「間山……さような者は知らぬが……」

と首を傾げた。

「娘さんは行方知れずでしてね……その間山さんは昨晩、何者かに斬殺されました」

「なんと……」

「実に奇妙なことだとは思いませぬか」

「…………」

「拙者、遠山奉行の元で、何年も定町廻りをやっておりますが、これほど不可解な事件には遭ったことがありませぬ。ご隠居の身の内海様に言うことではないかもしれませぬが……勘定奉行までやられたお旗本ですから、何か知り得るかもしれませぬ。小名木川で見た亡骸《なきがら》は、旗本・樫山家の跡取り、総太郎殿だったのですから、何とかお力添え下さいませぬか」

冷や汗をかきながら一気に言った古味を、内海はしばらく見据えていた。相手の心の奥を見極めようとするような、強い眼力であった。

「それは一向に構わぬが……近頃は、娘を狙った阿漕《あこぎ》な連中が多いと聞いている。この女将さんの娘さんも、そうでなければよいが……」

内海の同情めいた言葉に、お条は心配しながらも深々と頭を下げた。

その時——魚釣りでもしてきたのか、魚籠《びく》や竿を抱えた吉右衛門が入ってきた。しかも大きな鯛《たい》を持っているので、なんだか恵比寿《えびす》様のようであった。

「こりゃこりゃ、古味様と熊公も来ていたのかね」

「ご、ご隠居……」

吉右衛門の姿を見て、バツが悪そうに古味は苦笑いをした。嫌な予感がしたが、すぐさま吉右衛門は明朗な声で、

「この古味の旦那は、北町でも屈指の優れた同心でしてな、お奉行の遠山様が最も信頼している御仁のひとりです。剣術の腕前も探索する洞察力も人並み外れてますから、何かあったら内海様もどうぞ頼って下さい」

と誉め称えた。

古味は気持ち悪そうに背中がモゾモゾしてきたが、内海には愛想笑いを向けた。

「ご隠居さん……！」

お条は顔見知りなのか、安心したように抱きついた。大きな体だから、吉右衛門は避《よ》けきれずによろめいた。

六

縁台で吉右衛門と碁を打ちながら、内海は穏やかなまなざしを向けて、

「で……娘さんは、いつ頃から、いなくなったんだね」

と訊くと、お条はやはり恐縮したように答えた。

「先ほども言いましたが、もう十日余り前なのです」

古味は何度も聞いていたが、ふいに何かを思い出したように身を乗り出して、

「実は、その娘さん……お里さんですがね、許嫁《いいなずけ》の辰次《たつじ》と一緒に出かけたまま、いなくなっていたんです」

と内海に向かって言った。

「辰次というのは?」

「飾り職人でしてね、〝彫り辰〟といえば、そこそこ名の知れた職人ですがね、『榎木屋』の旦那は、ふたりの仲を認めておりませんでした。後妻の連れ子とはいえ、お里にはしかるべき婿《むこ》を取って、後を継がせるつもりでしたからね……なのに、お里は駆け落ちです」

決めつけたように古味が言うと、お条はバツが悪そうに俯いたが、内海は同情の目で見ていた。傍《かたわ》らで聞いていた吉右衛門が、

「なるほど。だから、行方知れずとはいっても、神隠しの類や誰かに拐《かどわ》かされたのではなくて、何処かできちんと生きてると、古味の旦那は探さないのですな」

と言った。

「だと思いますがね。なのに、このお条は、何処かで殺されているかもしれない。探してくれの一点張りで、こっちも少々、困っているんです」

「しかし、訳はなんであれ、親として心配なのは当たり前でしょうな」

　吉右衛門が情け深い顔になると、内海も大きく頷いた。すると古味は、俄に探るような目になって、

「内海様……失礼とは存じますが……宜しいでしょうか」

「なにかな」

「ご子息の清之助様は御家を継がず、従兄弟《いとこ》……つまりあなた様の甥御《おいご》様が内海家に入りましたね。江戸市中の御用屋敷にはそのお方がいる。そして清之助様は、内海様が隠居なさる少し前に、ふいにいなくなったとか……」

「いやいや。そういうわけではない……」

「と申しますと……」

「当家のことを調べに参ったのか？」

　俄に不機嫌になった内海の顔色を窺《うかが》うように、古味は首を振って、

「と、とんでもない。ただ、どうなさったのかと思いまして……行方知れずになっているのに、周りにはご子息は死んだ……そう言っていると聞いたもので」

「さようか。いなくなれば、死んだも同じことだと思うがな」

　内海はお条の顔を見やって、

「だから、その者の親としての気持ちはよく分かる。子供が突然、いなくなることほ

ど、悲しいことはない」

悲嘆に暮れるお条に、吉右衛門が慰めるように明るく言った。

「別にどうってことはないのでは？　お里ちゃんが、辰次とともに駆け落ちしたのならば、安心できる」

「ご隠居さん、そんな……」

「駆け落ちならば、な。しかし、もし、そうでないとしたら、気になる。辰次だって腕のいい飾り職人だ。私は会ったことはないが、江戸っ子らしくて気っ風《ぷ》もいいと聞いている。そんな奴なら、堂々と『嫁にくれ』って主人に直談判すると思うがな」

「はい。私も、それが気になっていたのです……」

心配が高じてきたお条は、目の前のふたりのご隠居を見て、

「私にはよく分かりませんが、古味の旦那が調べてる此度の事件と関わりがあるのではないか……何処かで繋がっているような気がしてきたら、なんだか怖くて、不安でたまらなくなってきました」

と言うと、吉右衛門は「落ち着きなさい」と諭してから、古味に事件の進展を話させた。吉右衛門も気がかりだったからだ。

「実はな、昨夜、永代橋の袂にある船着場で殺された間山仙十郎はな、うちの若《わか》、和馬様に妙なことを依頼したらしいのじゃ」

「妙なこと……」

「父娘《おやこ》の縁を切って欲しいと……どうやら、例の久能様の〝縁切り松〟かなんかと勘違いをしていたようだが、事実、娘の奈美は行方知れずになり、間山は殺された」

「…………」

「これは一体、どういうことでしょうかな……どうやら、裏で密かに動いている何者かがいるということです」

「それは、どういう……」

内海も興味深げな表情にはなったが、それ以上、訊こうとはしなかった。だが、古味はちょっとした異変を感じたのか、探るような目になって、

「失礼ですが、内海様……殺された樫山総太郎たちが他のふたりとつるんでたところとか、見てませんかね。間山様の娘も一緒にいたところを」

「私が？　見るもなにも……私はほとんど日がな一日、この屋敷にいるものでな」

見ようがないと内海は首を振った。

「しかも、何度も言うが、年寄りだから寝るのが早いからな」

それでも、古味は珍しく、同心魂に火がついたのか食い下がった。

「拙者が調べたところでは、樫山総太郎と藤村秦十郎、木下佐乃助の三人は、お旗本の間でもかなりの悪ガキだという噂ですが……他にも子分みたいに連れ歩く者もあったようですが、この三人はあまりにも阿漕なので、仲間から逃げ出す者もいたとか」

「おぬしは同心のくせに、先ほどから奥歯にものが挟まったような言い草ばかりだな」

「あ、いや……申し訳ありません」

穏やかだった内海が少しばかり感情を露わにして、

「古味殿は、こう言いたいのであろう。うちの清之助も、樫山らと同じ穴の狢《むじな》だと」

「いえ、そんなことは……」

「たしかに倅もかつては、〝天誅党〟に入って、乱暴な振る舞いをしていたことがある。己が気分のままに、何の落ち度もない者をいたぶるような真似をしておった」

自ら話し出した内海の痛ましい表情を、吉右衛門はじっと見据えていた。

古味とお条も恐縮したように聞いている。内海には、悠々自適に暮らしている隠居老人というよりは、無頼な息子を持つ親の苦悩に溢れていた。

「だが私は、息子に言い聞かせて、馬鹿な仲間から無理に離して、まっとうな道を歩ませた。元々、大人しくて、自分の意見も控えめにしか言わぬ奴でな……悪い奴らに強引に引きずり込まれていただけなのだ」

「そうでしたか……」

古味には言い訳にしか聞こえなかった。

「ですが、〝天誅党〟はまだあって、何ひとつ直っていない。つまり私が言いたいのは……内海様のようにですね、他のお旗本の方々も一致団結して、子供たちにきちんと説教して、悪いことをやめさせるべきではありませぬか」

「………」

「子が親の言うことを聞かぬのは、武士も町人もないでしょうが、お侍には守らねばならぬ矜持というものがあるはず。父としてというより、武門の頭領として、子を躾けねばならないでしょうし、もし酷いことをすれば、しかるべく手を打って、処罰しなければなりますまい」

いつもならありえない真面目な古味の言いっぷりを、傍らで熊公はハラハラして見ていた。内海がいつ激怒するのか心配していたのだ。しかし、熊公の思いに反して、

「さよう……古味殿の言うとおりだ」

と内海は言った。

「むろん、〝天誅党〟を一方的に始末することはできよう。だが、最悪の事態は、御家お取り潰しになる。父親の立場にある者は、それを一番、恐れておる。息子たちもそれを承知しているからこそ、わざと親に反抗して迷惑をかけているのだ」

「御家が困れば、自分の我が儘《まま》も通らなくなるのを分かっていてですか」

「やけっぱちな人間ほど、恐いもの知らずはない……ま、うちの息子もそうだったかもしれぬがな……」

項垂《うなだ》れて内海が言ったとき、離れの方で、物音がした。あまりにも静かだったので、能楽の鼓のように響いた。

吉右衛門や古味たちが思わず振り返ると、障子窓の奥の方で、ゆらりと人影が動いたように見えた。

「今のは？　誰かが、こちらを覗いていたような……」

古味が腰を浮かせようとすると、内海は即座に答えた。

「隠居したとはいえ、何人もの奉公人が屋敷内におるゆえな、掃除か片付けでもしていたのであろう」

そのとき、小鼓の音が聞こえてきた。小気味よく打たれている。やはり、離れからである。内海の趣味が能楽とはいえ、不思議そうに見やりながら、古味が訊いた。

「綺麗な音ですが……あれは？」

「――倅の清之助です」

「えッ。行方が分からないのでは……？」

「私も無類の能好きでしてな。息子の清之助もまた……元々、侍には向いてなかったのかもしれぬ。能楽師の家にでも生まれておれば、それなりに生き甲斐を見つけたかもしれぬがな」

「生き甲斐……ですか」

小鼓の音は次第に激しくなり、乱れ打ちになってきた。まるで心の苛立ちを紛らわすような強い打ち方に、聞いている方の気持ちも掻き乱されるような感じだった。だが、不思議なことに、少しずつ落ち着いて綺麗な響きになってきたような気もしてきた。

「何故だか、人間嫌いになったようでしてな……行方知れずにしておれば、誰とも会わずに済む……そう思いましてな」

「そうでしたか……」

と言いながらも、古味の離れを見ていた目がキラリと光った。

その様子を見ていた吉右衛門が、

「たしかに、あの鼓の音は玄人《くろうと》はだしですな……私も多少はやりますが、あのような澄んだ音はなかなか出ませんな」

と正直に言った。

「――ご隠居が鼓を……本当に？」

胡散臭い目を向ける古味を無視して、小鼓の音に耳を傾けながら、

「しかもまだ若い人が、これほど軽やかな音で乱れ打ちをするとは、なかなかです……内海様、かような綺麗な音色を出せる人に悪い人間がいるわけがありません」

「…………」

「胸の辺りにあった、もやもやしたものが、消えていくようです」

吉右衛門が自分の胸に手をあてがうと、お粂もその真似をして、

「そうですか……私は逆で、なんだか胸騒ぎがするのですが……娘のこととも関わりがあるのではないかと……」

と切ない顔になった。

すると、突然、内海は吉右衛門に向かって土下座をして、

「怖かったのです、吉右衛門様……私もどうしてよいか分からず、如何《いかん》ともし難く、ずっと胸を痛めていたのでございます。どうすればよいのでしょうか。どうかどうか、

私めに指南して下さいませ、吉右衛門様！」

と悲痛なほどの声を上げた。今し方までの上品で立派な旗本の姿ではない。まるで神仏に縋る迷える衆生のようだった。

「な……なんだ……？」

古味と熊公、そしてお条は何事かと、ふたりのご隠居を目を丸くして見ていた。

七

深川診療所の近くにできたばかりの『富士ノ湯《ふじのゆ》』は、朝早くから夜は火を落とさねばならぬ刻限まで営んでいるから、薪炭《しんたん》がえらくかかる。

だが、治療のため診療所に泊まっている患者たちも利用するから、藪坂が自腹を切って薪炭を用意していた。もちろん高山家も援助していたが、実は『榎木屋』もお条が率先して、炭を用立ててくれていたのである。

常に人々が訪れて汗を流しているから、店の主人はもとより、〝三助〟たち使用人も、昼飯を食えないくらい大忙しであった。

この湯屋を使うのは、町人だけではない。近在の旗本や御家人の家臣や中間にもなかなかの評判で、いつも芋洗《いもあら》いだった。なぜかといえば、二階座敷からは遠く富士山《ふじさん》が見えるからである。

「さすが『富士ノ湯』というだけあって、絶景かな、絶景かな」

客たちは湯上がりに涼みながら眺めるのが、至福の時だったのである。

その二階座敷に――藤村秦十郎と木下佐乃助が上がってきた。侍は一階出入り口の刀掛けに両刀とも置いてくることになっているが、ふたりは湯上がりの浴衣姿ながら脇差しを持っていた。

その上、自分たちで持ち込んだ徳利酒を口飲みしながら、富士山を眺めてデンと座って、傍若無人に大声で話していた。いずれもまだ十六、七歳の若造で童顔だが、態度はふてぶてしい侍そのものである。

何が楽しいのかキャハキャハ笑いながら、酒を飲んでいる。他に客がいることなど気にしていないようだった。

そこに、湯女《ゆな》っぽい丹前《たんぜん》姿の千晶が、軽やかに階段を上ってきた。

湯屋の二階は飲酒と女が休むのは禁じられている。だが、それではあんまりだと、『富士ノ湯』では女も二階座敷でくつろげることにしていた。

「おっ……女だよ。しかも、なかなか別嬪じゃないか」

秦十郎が言うと、佐乃助も振り返って、

「おい、女。こっちへ来て酌をせい。はは。その姿もなかなか色っぽいのう」

と手招きした。

千晶はふたりに近づきながら、

「お坊ちゃま方。湯屋の二階での酒は厳禁でございます。この『富士ノ湯』も同じですので、お酒の持ち込みはご遠慮下さいまし」

「いや、遠慮せぬ。おまえも遠慮せずに、酌をせい」

「残念ながら私は湯女ではありません。すぐそこの診療所にいる産婆で骨接ぎ医をしております。この座敷で、患者さんに整体を施しているのです」

「ならば、俺たちにもやってもらおうか。できれば、この辺りをよく揉んでもらいたいな」

からかうように言って、千晶の手を握り、秦十郎は自分の股間の辺りに引っ張った。

千晶は嫌がりもせずに指を伸ばして、股間の肛門近くの一点をグッと押した。

「あっ……」

思わず秦十郎は仰け反った。千晶はニッコリと笑って、

「流派によって呼び方は違いますけどね、そこは龍門《りゅうもん》の経穴《つぼ》といって、手当てしな

い限り二度と大事なところは立ちません」

「な、なんだと……！」

「若いのに残念ですこと。そちらさんは、どうなさいますか」

千晶が問いかけると、木下は思わず立ち上がろうとしたが、首の根っこの経穴《つぼ》である肩井《けんせい》あたりを軽く押した。すると、そのまま座り込んだ。

「あなたは足が立ちません。不思議でしょ。足の裏は頭に、頭は足に繫がってるのです。これで、ふたりとも若い娘を手籠めにすることはできませんね」

千晶はニッコリと笑いかけると、その場から立ち去った。

秦十郎の方は足が立つので、千晶を追いかけようとしたが、佐乃助は必死に、

「ま、待ってくれ……秦十郎、本当に動けないのだ。た、助けてくれ」

と情けない声で呼び止めた。

そんな様子を見ていた湯の客たちは、大笑いをして、

「さすが千晶さん。やることが粋《いき》だねえ」

「お侍方、大人しく帰った方がいいよ」

「そうだそうだ。あんたらが来るところじゃねえやな」

「お屋敷には内風呂があるでしょうに」

などとからかった。

それでも、佐乃助は立ち上がることができないので、秦十郎はなんとか肩を貸して、苦々しい顔で湯屋から出ていった。

その夜——。

『富士ノ湯』の二階には、吉右衛門と和馬が来ており、藪坂と千晶も同席していた。いずれも少しばかり陰鬱な顔をしている。

「どうだ、藪坂先生。奈美の様子は……」

和馬が訊くと、千晶の方が答えた。

「大丈夫です。あいつらに手籠めにされて、心が乱れておりましたが、それよりも……父親が殺されたことに衝撃を……しばらくは、うちで介護しておきます」

「俺ももう少し親身に、間山さんに接しておくのだった。まさか、あのクソガキどもの親までが腐っているとは思わなかった」

先般の間山の娘・奈美については、和馬が藪坂に協力してもらって、その身を旗本たちから守ることができていた。

だが、ドラ息子の父親ふたり、藤村土佐守と木下阿波守が躍起になって、間山の娘の行方を探しているとの話を古味から聞いて、なんとか解決したいと思っているのだ。

「だが、敵はいずれも大身の旗本だ。俺たちのことを知ったら、何がなんでも潰しにかかってくるだろうな」

和馬は心配したが、吉右衛門は意外と平気な顔で、取るに足らないと悠長に構えている。いつもの態度である。しかし、内海の息子、清之助のことは気になっていた。

「それは、どうしてだ、吉右衛門……」

「顔ははっきり見えませんでしたがね、鼓の音がやけに美しかったので……」

「それが何だ。清之助とやらが、何か関わっているとでも言いたいのか」

急《せ》かすように和馬は訊いたが、今度は藪坂の方が真顔で答えた。

「実は……うちの診療所にも、藤村土佐守の家臣らしき者が来て、奈美のことを探している節があった。追い返したがな、倅たちがやらかしたことや、間山さんを殺したことを必死に隠したいようだった」

「たしかに、うちの周りにも妙な連中が、うろうろしている」

和馬が言うと、藪坂は心配そうに、

「ああ。もしかしたら、ただの手籠め事件ではなく、もっと深い何かがあるのかもしれないな。ご隠居……いつぞや、久能様のことで幕閣連中を困らせたから、あなたの命まで狙われてるのかもしれないぞ」

「どうせ老いぼれだから、私の命なんざ、どうでもいいが、またぞろ深川一帯が厄介事に巻き込まれるのは御免だなあ」

「冗談抜きで、ご隠居……この『富士ノ湯』にも見かけぬ奴らが増えたし、うちの診療所にも患者のふりをして妙なのが……」

「ふむ……千晶、おまえも気をつけなさいよ」

　吉右衛門が案ずると、

「私は秦十郎と佐乃助にちょっと悪戯《いたずら》したんだけれど、早速、家臣たちと思われる侍たちに見張られている気がする」

「ふむ……」

「この辺りは武家屋敷も多いけれど、あまり侍がうろつく所じゃないもんねえ」

「——やはり、藤村土佐守と木下阿波守に睨まれている……と考えた方がよさそうだな。いずれ奴らの手の者が、間山の娘を何処にやったのだと押しかけてくるやもしれぬ」

　と和馬が溜息をついたとき、

「ごめん下さいやし」

と声があって、階下から中間らしき若い男が上ってきた。一応、風呂上がりの様子だが、それは格好だけで、明らかに和馬たちに用件があるような物腰であった。

「ちょっと大事な話をしてるのでな」

藪坂が追い返そうとすると、中間ふうは低姿勢で文を差し出し、

「あっしは、藤村土佐守様の使いで参っただけでございます。高山和馬様にこれを……」

と文を差し出すと、和馬が自ら近づいて受け取った。

「藤村秦十郎の父親だな」

「はい。折り入って話がございます。今宵、お待ちしておりますので、ぜひおひとりでおいで下さいまし」

文には待ち合わせ場所や刻限が記されているようであった。

「用件はなんだ」

「間山様のことでございます。それと……藤村様はそろそろ向島《むこうじま》で隠居されますが、その後の長崎奉行は高山様が相応《ふさわ》しいと、ご老中らに推挙しておいでです」

「…………」

「小普請組として、公儀普請のみならず数々の救済事業をしているとの評判ですので」

「なるほど。小身《しょうしん》旗本ゆえ、それは嬉しい……分かった。必ず行くと伝えてくれ」

和馬が答えると、中間ふうはすぐさま立ち去った。その軽やかな身のこなしを見て、藪坂が呟いた。

「奴は忍びか何かだろうな。和馬様、行かない方がいいと思うが」

文には絵図面があって、藤村が指定した場所は、どうやら向島の隅田村にある白鬚《しらひげ》神社近くにある屋敷だった。


月明かりに浮かんでいるのは、立派な庄屋屋敷のようで、隅田川に面して船着場もあるが、旗本の隠居が住むような所ではなかった。

何処かで梟《ふくろう》の鳴き声がしたのは、屋敷に何者かが近づいたという報せを、寝ずの番が母屋《おもや》に送っているのであろう。冠木門のような表門は閉まったままだが、横手にある潜り戸が開いて、「お待ちしておりました」と顔を出したのは、『富士ノ湯』に繋ぎ役で来た中間ふうだった。

実に立派な藁葺《わらぶ》き屋根で、柱や梁も太くて丈夫そうであった。江戸周辺の関八州には、豪農が沢山いて、江戸の御用商人などよりも財力があった。豪農たちは、幕府の意向によって、村々の治水や街道などの整備、天災飢饉の折には救貧活動をするのであった。

「散々、蓄財したから、隠居の後は豪農……のふりをして過ごすのですかな」

和馬が屋敷を見廻して母屋に入ると、広い土間には、竈《かまど》や水甕《みずがめ》、流しなどがあって、薪や炭なども備えてある。

中間に招かれるままに奥の一室に入ると、藤村らしき男が座っていた。八畳くらいの座敷で、床の間には立派な書の掛け軸があり、一輪挿しの花瓶《かびん》もあった。

「よくぞ、ひとりで参られた。その度胸に敬服致します」

「用件を聞きましょうか」

「私も徳川家三河譜代《みかわふだい》の旗本ですので、色々なことを耳にしております。高山和馬様が、松平……みなまでは言いますまい。徳川家御一門であることは承知しております。そして……」

藤村は一拍置いて和馬を凝視し、

「あなたの所で起居しているご隠居が、一筋縄ではいかない御仁だということも」

「――本題から入ってもらおう。それに私は下戸なので、酒は飲みませぬ」

高膳に酒を運ばせようとしたので、和馬は断ってから、

「では、こちらから先に言うが、藤村様のご子息が、ある女を手籠めにしたことは、

ご存じですな」

　と直截に訊いたが。藤村は平然と、

「だとしても、取るに足らぬこと。高山様は事を大袈裟《おおげさ》にして、我が藤村家や木下家を改易《かいえき》にでもしたいのですかな」

「ご子息に、キチンと始末をつけさせてもらいたいだけです」

「誘ってきた女に対して手籠めとは笑止千万だが、その場にいた樫山家の総太郎殿は、何者かに一撃で殺された。下手《へた》をしたら、うちの息子も木下様の佐乃助殿も斬られていたかもしれぬ……だから、その下手人を探しているのです」

「町方も目付も動いているはずですが」

「さよう……」

　藤村は知っていると頷いて、

「にも拘わらず、どうして高山様は邪魔をするのですか。うちの秦十郎と佐乃助殿は、妙な女骨接ぎ医とやらに、変な所の経穴《つぼ》を押されて、しばらく動けなんだ」

『富士ノ湯』のこともすべて承知している口振りだった。

「うちにも骨接ぎに詳しい者がおるので、すぐに治しましたが、高山様は一体、何故、つまらぬことに首を突っ込んでいるのですか。何の得があるのです」

話の狙いはこれかと和馬は思って、

「さあ……ただの成り行きですかな……俺も吉右衛門も、誰からも命じられるわけではないが、深川にあって、ただ困っている人を少しでも助けるだけ」

「助けるだけ……」

「私たち小普請組とは、そもそもが下支えするという意味でございますれば、人に見えないところを修繕するのです」

「たしかに、小普請組には無役でありながら、御中間、御小人《こびと》、御駕籠《かご》之者、黒鍬《くろくわ》之者、掃除之者などもいて、目付支配で特別な任務を負っている者がおりますな」

「さあ、そういう裏の話はよく知りません」

「てっきり高山様は、その者たちの差配をしているのかと思いました」

「…………」

「いつぞや、深川一族と幕府の騒動をうまく収めたのも、あなた様でありませぬか」

「大袈裟な……」

和馬は苦笑して、藤村にはっきりと言った。

「私がやっていることなど、道端で倒れている人に手を差し伸べるのと同じことだ」

「…………」

「しかし、藤村様……あんたは違う。自分のためだけに生きている」

藤村は苦笑を浮かべたが、和馬は真剣なまなざしで続けた。

「間山仙十郎さんを殺し、間山さんが守ろうとしている娘も狙っている……自分の息子たちの不祥事がバレたら困るからでしょうが、人として如何なものか」

少し間を置いて、藤村は深い溜息混じりに、

「なんとも頑固ですな……さような綺麗事を言うくらいだから、長崎奉行に昇進するつもりなど、どうやらなさそうですかな」

と不気味なくらい頰を歪めた。

「いやいや……長崎奉行は一度やっただけで、一生食えるほどの財貨が手に入ると聞いております。抜け荷も好きなだけできますしな……はは、貧乏旗本には垂涎《すいぜん》ものですが、人殺しの仲間入りはしたくありませぬ」

和馬も剔るような目で睨み返した。

八

同じ夜のことだった。深川や向島とはまったく違う場所、上野《うえの》は不忍池《しのばずのいけ》の畔《ほとり》に、

数人の若侍がたむろしていた。青い葦《あし》が生い茂っており、月明かりに水面はキラキラしている。

この界隈には出合《であい》茶屋が並んでいるから、密かに恋路を楽しんでいる男女もいる。その秘事を覗こうとでもしているのであろうか、若侍たちは抜き足差し足で歩いている。

月光に浮かんだ先頭の若侍は、藤村秦十郎と木下佐乃助であった。ふたりとも悪戯の好きそうな顔で、後ろの方からついてきている同じ年頃の若侍たちに、

「この先が絶景なんだ……離れに湯船があってよ……助平な爺さんがよ、若い娘を……金にものを言わせて、むひひ……」

と言ってさらに先に進んだとき、

「あ、痛い、痛いッ！」

と踏みとどまった。かろうじて大声は洩らさなかったが、実に痛々しい顔でしゃがみ込んで足先を見た。

履き物を突き抜けるような切り株があって、足の裏まで到達していた。

「イテテ……なんだ、こんな所に……」

佐乃助が見やると、ただの切り株ではなく、そこら一帯に竹を斜めに切ったものが、

剣山のように敷かれてあった。

「くそう……誰が、こんな……」

「ひええ……たまらねえ」

情けない声を洩らしながら立ち上がった佐乃助の前に、深編笠の侍がふいに現れて、

「覗きをする輩を近づかせないためだ」

「あっ……」

佐乃助はいつぞや深川で樫山総太郎を斬った侍だと気づいたのか、深編笠の中を覗き込むように見上げると、髭面ではあるが、はっきり顔は見えなかった。

「お、おまえは……！」

後退《あとずさ》りしようとした佐乃助だったが、足の痛みに体が崩れた次の瞬間、目にも止まらぬ速さで、深編笠が佐乃助を叩き斬ろうとした。その寸前――シュッと分銅のついた投げ縄が飛来して、深編笠の侍の首に巻き付いた。

「う……ッ」

その場に崩れた深編笠に、今度は秦十郎と佐乃助が、

「てめえ、何者だ。舐めやがって！」

と斬りかかろうと刀を抜こうとした。だが、その腕にも、ヒュンヒュンと投げ縄が

飛んできて一瞬にして巻きついた。その弾みで地面に倒れたふたりは、剣山のような竹に背中や胸が刺さって、物凄い悲鳴を上げた。

他の若侍たちは吃驚して、我先にと来た道を一目散に逃げようとしたが、悲鳴を上げる間もなく、一同は仰向けに倒れてしまった。一瞬のことで、若侍たちは何事が起こったのか分からず、逃げ出すこともできなかった。

「ま、待ってくれ……待って……」

お互いが足を引っ張り合いながら、若侍たちは地べたを這っていたが、秦十郎と佐乃助のふたりだけは、仲間を足蹴にして必死に逃げようと足掻《あが》いた。その無様《ぶざま》なくらいの顔を、月光が照らし続けていた。

そこに——古味と熊公、さらには捕方などが十人余り、ドッと押しかけてきて、次々と縄で縛り始めた。

「なんだ、放せ！」「俺たちを誰だと思ってるのだ！」「やめろ！」

などと秦十郎と佐乃助は叫びながら逃げようとしたが、熊公はさらに分銅つきの縄を投げて足を引っかけ、捕方たちが一斉に刺股《さすまた》や突棒《つくぼう》で捕らえるのであった。

一方、深編笠の男の方は、すでに投げ縄を刀でバッサリと切っており、木陰に身を引いていた。若侍たちは逃げるのが精一杯で、誰も反撃してこなかった。古味たち役人からも、見えないように潜んでいた。

「………」

しばらく木陰に隠れていた深編笠の男は、自分に投げ縄を仕掛けた者を探そうとしたが、暗くて見つけることができなかった。すぐさま月光に当たらぬよう、塀沿いの陰だけを走って、深編笠の男は立ち去った。

だが——深編笠を尾《つ》けるひとつの影があった。黒装束の忍びのようである。

町木戸が閉まっている刻限ゆえ、自由に町中を歩くことはできない。盗人が真夜中に勝手に移動することができないように、町ごとに通りを仕切るためのものであるが、町方与力や同心、あるいは江戸詰めの藩士や医者、産婆などが火急の用事があれば、通さねばならぬ。

かといって、今しがた人を斬ろうとした者が、わざわざ木戸番を起こすのは無謀であろう。顔を必ず見せねばならず、身分も報せる必要があったからだ。

しかし、掘割となれば、きっちりと柵があるわけではなく、橋番や水門番などの目を盗むことができれば、意外と擦り抜けることができた。もっとも日が暮れてからの川船の使用も、一応は禁じられている。屋形船が隅田川に出て涼を取るのも、特別な営業許可があってのことである。

だが、深編笠の侍は三之橋《さんのはし》辺りから、自ら仕立てていたのであろう、小舟に乗り込んでゆっくりと掘割を進んだ。櫓《ろ》を扱うのは、まるで船頭のように手慣れており、波の音すら立てない静かな漕ぎ方だった。

一旦、隅田川に出てから、神田佐久間河岸《かんださくまがし》辺りに着けて降りると、深編笠は近くの通りに向かった。そこから先は、武家屋敷と町屋の間の色々と入り組んだ裏路地を抜けて、巧みに木戸番を避けるように、かなり遠廻りをして、辿り着いたのは――。

なんと、内海主計頭公琳の屋敷であった。

潜り戸を入ると、深編笠は背後を気にするようにチラリと振り返った。髭面が微かに月明かりに浮かぶ。その顔をたしかめたくて、尾行してきた黒装束は塀の陰に潜《ひそ》んで目を凝《こ》らしたが、はっきりと認めることはできなかった。

深編笠が屋敷内に姿を消すと、黒装束は猿のような素早さで築地塀《ついじべい》に駆け寄り、音のしない縄梯子を掛けて軽々と駆け上り、庭に飛び降りた。

運良く月が雲に隠れ、姿を晒されなくなった黒装束は闇に紛れて、母屋に近づいていくと、能楽堂の方で物音がした。

「!?――」

植え込みの陰に潜みながら、様子を窺っていると、渡り廊下から続く離れの障子戸に、深編笠の影が映っていたが、すぐに消えた。すぐさま着替えてでもいるのか、衣擦れの音がして、細やかな動きが黒装束が潜んでいる所でも感じられるほどだった。

しばらく、じっと闇の向こうを食い入るように見ていると、ふいに背後から、

「誰じゃ……何者だ……」

と声がかかった。

黒装束が身を潜めたまま振り返ると、母屋の濡れ縁から能楽堂を挟んだ向こうにある離れに向かって、内海が声をかけているのが分かった。寝間着姿で、寝入り端《ばな》を起こされたような不快な顔をしている。

黒装束には気づいていないようで、二、三歩進んで、

「おい……清之助か……またぞろ、夜中に出歩いておったか……おまえ、あれほど夜歩きはならぬと言いつけておるのに、まだ分からぬのかッ……おい！　聞いておるのか！」

深夜の空に響く大声だったが、内海はそれ以上、進み出るのはやめて、諦めたように深い溜息をついた。

離れからは何の返事もこない。ただ、静寂が戻って、コツンと鹿威《ししおど》しの音だけが、小鼓のように響いた。

「清之助……」

もう一度、深く息を吐き出してから、内海は自室に戻って、障子戸を閉めた。

「………」

黒装束がそっと内海の部屋に近づくと、風に吹かれて、ひらひらと細い葉が舞い降りてきた。それを手に取ると、葦の細い葉であった。不忍池の出合茶屋近くの藪の中から、深編笠に付着でもしてきたものであろう。

この屋敷の者、つまり清之助が、上野不忍池に行っていたという証《あかし》だ。黒装束がそれを懐に仕舞ったとき、海風が吹き抜けた。

「………」

人の気配を感じて、黒装束はさらに身を潜めた。家臣の者たちが異変を察知したのか、先に帰った清之助を守るためなのか、蠟燭《ろうそく》で渡り廊下や中庭を照らしながら歩いてきた。動けばすぐに気取られる。黒装束は息を止めて、通り過ぎるのを待っていた。

すると、家臣のひとりが、塀に縄梯子が掛かっているのに気づいた。

「あっ！　曲者《くせもの》じゃ、曲者でござる！」

大声を発したとたん、他にも数人の家臣が出てきて、中庭にも降りてきた。

黒装束は一目散に逃げ出したが、「エイ！」と気合いを投げると、徒党を組んだ家臣たちは、なぜかバタバタと波打つように倒れた。矢のように走る黒装束の前に、突然、大きな人影が立ちはだかった。

黒装束は勢いのまま駆け抜けようとしたが、なぜか大きな壁が迫ってくる。どうやら、賊が入ったときのカラクリ仕掛けのようだ。咄嗟に横っ飛びになって逃げる黒装束の足には、次々と音を立てて矢が飛来した。黒装束はひらりと猫のように躱《かわ》した。だが、ほんのわずか体勢を崩した隙に、家臣の槍がスッと伸びてきた。黒装束は闇の中ゆえ目測を誤ったのか、避け損ねて覆面が槍の切っ先によって裂けた。

このままでは正体が明らかになると判断した黒装束は突然、「わああ！」と裂帛《れっぱく》の叫びを上げた。近づいてきていた家臣たちは、驚いて仰《の》け反《ぞ》った。その隙をついて、先頭のふたりに当て身をするや、ひらりと能舞台に飛び上がった。

「曲者！　もはや逃れられぬぞッ」

家臣たち数人は抜刀して、能舞台を取り囲んだ。

騒ぎに渡り廊下を来た内海は、月光に浮かぶ能舞台の黒装束に目を吸い寄せられた。黒装束はいつの間にか、鬼面をつけている。それで、ほんの一瞬だけ『安達原《あだちがはら》』の舞をして、ドドンと舞台を踏み鳴らした。

その様子を見て、内海は「まさか」と目を見開いたが、

「見るなと言われたが、覗いてしもうた。そこには人骨の山……」

黒装束は謡のような声を発して、鬼面を取ると――なんと吉右衛門だった。

驚いた内海は、ハハアと廊下に平伏した。

その行いに家臣たちは一瞬、戸惑ったが、改めて吉右衛門だと確認すると、一同はみな同様に土下座をした。

露わになった吉右衛門の顔は、鬼面とは違って、実に穏やかである。しかも、忍者のように飛び跳ねながら、息ひとつ切れていない。むしろ、若い家臣たちの方が、ぜえぜえと肩を振るわせていた。

「内海様……残念でござるな」

吉右衛門が声をかけても、内海は下を向いたままだった。

「あなたは、息子が何をしていたか、承知していたのでござろう。奈美を手籠めにした樫山総太郎を叩き斬ったのは、清之助殿……今宵も上野不忍池くんだりまで出向いて、残りのふたり、藤村秦十郎と木下佐乃助を斬ろうとした」

「…………」

「古味の旦那たちが、秦十郎たちを尾けていたのだが、そこに現れたのが深編笠を被った髭の男……こうして私が追ってきたのですからな。もう言い訳はできますまい」

「――吉右衛門様……分かっております……されど、私も人の親……息子を人殺しとして差し出すわけには……」

「さてもさても、それでは藤村や木下と同じでございまするな」

「申し訳ございませぬ……」

「清之助殿は義憤に駆られて成敗しようとしたのでしょうが、それも間違いですな。自分をいたぶった秦十郎と佐乃助への恨みかもしれぬではありませぬか」

「ははあ。間違っておりました……後は私めがすべて始末をつけます。すべてを明らかにし、罪に服しとう存じます。もちろん、清之助にもそうさせます」

「信じてよろしいのですな」

「はい。必ずや」

「そうすることで、他の者たちの悪行も明らかになるでしょう。若造の火遊びでは済みませぬからな……よろしいな」

吉右衛門がそう言って奥の部屋を見ると、障子の向こうに清之助の影が立った。微動だにしていない。

「…………」

無言のまま頷いて、吉右衛門はひらりと能舞台から飛び降りると壁に向かって走った。縄梯子を素早く上るや、黒装束を大きな羽のように膨らませてムササビのように飛び、そのまま闇の中に消えた。

雲間から月がまた顔を出したが、深閑とした宵闇の向こうには、江戸湾が燦めいているだけであった。

第四話　まん福合戦

一

いつもお金が足らなくて困っている高山家に、珍しく〝大金〟が届いた。奉公人は吉右衛門ひとりである。表向きは用人などと言っているが、古稀《こき》という年でありながら、どんな中間《ちゅうげん》よりも働き者であった。

思わず入った〝大金〟とは、二束三文で買った茶碗が、十両で売れたのである。キッカケは、『ぼたん家《や》』というこぢんまりとした料理屋の主人から、不要になった欠けた茶碗を譲ってもらったことだった。

この店に限らず、吉右衛門と和馬は折に触れて、食器や着物、端布《はぎれ》、壺や簞笥《たんす》や書物など、なんでも只《ただ》で受け取って〝再利用〟しているのだ。近頃は、高山家の庭や土蔵は、さながら骨董市《こっとういち》のようになっている。

もちろん只で貰ったものは只で人に譲る。それで役立つことができれば、まさに三方丸く収まるようなものである。ある人にとっては塵芥《じんかい》でしかないものが、別の人には宝になるからだ。そして、たまに高山家にも潤いをもたらしてくれる。

『ぼたん家』という店は、三年ほど前にできたらしいが、白木《しらき》の一枚板の付け台に客は数人しか座れない。奥には、狭い小上がりがあるだけだ。

場所も永代橋の東詰めに近いが、辺りには武家屋敷や蔵などが建ち並んで、景色が良いわけではない。だが、主人は、

「うちの景色は食べ物です」

と自信をもって料理を出してくる。本当に美味《おい》しいものを食べているときは、景色を楽しむことなどないのだ。まだ三十そこそこだが、細身であるせいか、苦労人に見える。

店は小さいが、有名な料亭で修業しただけあって、料理の腕は確かである。値段もさほど高くはないものの、外で食べるほど吉右衛門や和馬には余裕がない。だが、少し前にぶらりと入ったとき、

「ご隠居さん。この茶碗など持っていって下さい」

と言われて、欠けたのや黄ばんだのを適当に見繕《みつくろ》って持ち帰ったのだ。

その中に、吉右衛門の目についた茶碗があった。白っぽい灰色で、少し大振りの軽くて薄い茶碗だった。一瞬で、遠州《えんしゅう》好みの〝名物〟だと分かったが、偽物も多い。茶人は道具の〝ナリ〟や〝見所〟で評価するが、吉右衛門も良い物だろうなと思ったのだ。

だが、欠けているので大した値がつくはずがないと、いつものように欲しい人に分け与えた。ところが、その中に、骨董屋を営む本当の目利《めき》きがいて、

「ご隠居、これは素晴らしいものです。只で貰うのは気が引けるので、これを……」

と十両も持ってきたのだ。

驚いた吉右衛門は、ありがたく戴いたものの自分が懐《ふところ》するのは申し訳ない。また子供や病人のために使うのは当然だが、幾ばくかは元々持っていた『ぼたん家』の主人に渡そうと思った。

ところが主人は、ガラクタとして引き取ってもらったものだから、お金はいらないと受け取らなかった。店では使わないから捨てたので、お気遣いは要りませんよと未練もなかった。

吉右衛門はその思いやりや気立ての良さに、すっかり惚れ込んでしまった。和馬に

最初出会った頃のような清々《すがすが》しさがあった。

「だって、ご隠居さん。物の値打ちは人が決めるものですからね。でも、それが人様のお役に立つのでしたら、私はありがたいです。欠けたその茶碗も感謝していると思いますよ」

さらりと欲のないことを言う。

まだ若い主人の名は、猪之吉《いのきち》という。亥《いのしし》年生まれだからだそうだ。

――さすがは、当代一の料亭で修業しただけのことはある。料理の腕前だけではなく、人としての精神も修養したのだろうな。

と吉右衛門は深く感心していた。

猪之吉が修業したのは、両国橋西詰めにある『まん福《ぷく》』という名店であった。主人の広太郎《ひろたろう》は、料理人仲間からは、〝包丁仙人〟と呼ばれるほどの、鮮やかな包丁捌《さば》きをすると知られていた。広太郎もまた江戸の名店で修業してから、この地で三十年も店を営んでいた。

この『まん福』の広太郎のもとで修業をした中に、猪之吉と兄弟分の寅三《とらぞう》がいた。このふたりが、ほとんど同じ頃に暖簾《のれん》を出した。

年は三歳下だが、修業を始めたのが先だった寅三の方が兄貴格である。寅三の店は、日本橋のど真ん中にある『とら福《ふく》』という。『まん福』から一字を貰ったのだ。『とら福』と『ぼたん家』はいずれも、開店当初から人気の店だったが、場所柄もあって客層はまったく違う。『とら福』は大名や旗本、豪商が通い詰める名店となり、料理屋番付の大関の中でも〝綱《つな》を張る〟風格であった。

それに対して、『ぼたん家』は知る人ぞ知る名店である。少しばかり余裕のある町人が、たまに贅沢を楽しむような店であった。近くには船宿が多いこともあって、仕出し料理なども手がけていた。

和馬は久しぶりに千晶を誘って、吉右衛門がお薦《すす》めの隠れ家のような『ぼたん家』で夕餉を取っていた。船着場に離着する屋根船の櫓の音だけが心地よく聞こえてくる。

先付、作り、煮物、焼き物、椀、蒸し物などが適度の間合いで出てくる。間合いは料理にとって最も大切なものである。一番手間がかかるのは、素材を活かして味わいを引き出すことだという。焼いたり煮炊きをするものは、食べる寸前に出来上がるのが最もよい。料理人と客との心地よい間も必要である。

雲丹《うに》を封じ込めた葛餡《くずあん》を入れた汁椀に、ほっと一息ついてから、丹波《たんば》の黒豆を莢《さや》ごと焼いたのを頬張ったときには、

――ふう……。

言葉もなく、和馬と千晶はふたりして深い溜息を洩らした。

下戸《げこ》の和馬ですら、酒を少しばかり飲みたくなるほどだった。最後の鮎《あゆ》の炊き込み飯を食べると、美味《うま》すぎて全身から力が抜けた。

「和馬さん……今宵はこのまま一緒に何処かで眠りたいですねえ」

「おいおい。満腹になったら眠たくなるって、おまえは子供か」

「あら……本当に無粋なお方……」

「む？　どうしてだ」

「もういいです。和馬様は本当に意気地なしなんですね。うふふ……」

「違うよ。おまえとはそんな仲じゃないってことだ」

「なんですってッ。もう憎たらしい」

と千晶が頬を膨らましたとき、厨房の裏の方で激しい物音がした。食器や道具が落ちたのであろうか。

和馬が思わず立ち上がって覗くと、奥にいるはずの猪之吉の姿がない。ひとりだけ雇っている弟子の染吉《そめきち》もいない。

「もう、やめて下さい！　いやなんです。よして下さい！」

勝手口の外から、切羽詰まった女の声が聞こえた。すぐさま、和馬が店の表から飛び出して廻ると、裏路地には地面に仰向けに倒れている猪之吉と震えながら立ち尽くしている染吉の姿があった。

猪之吉は小柄で大人しそうではあるが、必死に大声を上げて、

「待ちやがれ、このやろうッ」

と怒鳴った。細身でも料理人の力は案外強いのだ。

呼び止められて、宵闇に包まれた路地の先から戻ってきたのは、いかにも人相の悪い巨漢のならず者だった。他にも二、三人、目つきの悪い連中がおり、誰かは分からないが町娘の手を握りしめている。

「上等だ、猪之吉。二度と包丁を持てない体にしてやるぜ」

巨漢がドスのきいた声で脅すと、染吉が持っていた包丁を手にした猪之吉が、

「いいから、舞衣《まい》さんを返せ。でねえとぶっ殺すぞ」

乱暴な言葉も刃物も慣れきっているのか、巨漢は平気で近づいてきた。その前に、駆けつけてきた和馬が立って、背後の猪之吉に声をかけた。

「大将。あんたの包丁は人を斬るためのものじゃないはずだ。こんな手合いは……」

「何処の若様か知らねえが、俺たちには逆らわねえ方がいい。怪我じゃ済まねえぞ」

「それは、おまえたちだな」

和馬の余裕ありげな態度に、巨漢はいきなり張り手を食らわせてきた。が、体《たい》を躱した和馬は、相手の勢いを利用して水路に突き落とした。

するると、仲間が三人ばかり乱暴な声を上げながら戻ってきたが、和馬は悠然と、

「その女の人をどうするつもりだ。さあ、こっちへ返せ」

「借金の形《かた》ってやつだ。関わりのねえやつは、すっ込んでろ」

「関わりはあるよ。俺は今し方、ここで美味い飯をご馳走になったばかりだ」

「ふざけやがって……」

「ふざけてなんぞいない。本当に美味かった。おまえたちも食え。暴れてるのは、美味いもんに飢えてるからだろう。酒くらいなら奢ってやるぞ」

「粋がるのもそこまでにしとけ、若造ッ」

ならず者の兄貴格は匕首《あいくち》を鋭く抜くなり和馬に向かおうとした。そのとき、背後からガッと首を太い腕で摑まれ、ぐいぐいと宙ぶらりんにされた。兄貴格の足は地面から浮いて、首吊り状態になって喘ぎ始めた。

「こんな手合い、若様が相手にすると手が腐りますぜ」

岡っ引の熊公だった。腕力だけは誰にも負けない。その後ろには、古味覚三郎もニヤニヤ笑いながら立っている。

「高山の若様。せっかくの密会が台無しでございますな」

店の暖簾の外に、千晶が立っているのを見ながら、

「この後は出合茶屋にでも行って、腰でも揉んでもらいやすか。その代わり、旦那は乳を……むひひひ」

と古味はからかってから、

「おい、熊公。もう下ろしてやれ。でねえと、首が折れて死んでしまうぞ」

「こんな奴、死んでも構わねえがな」

熊公が手を放すと、地面に落ちた兄貴格は、ぜえぜえと喉《のど》を鳴らしながら、

「こ、古味の旦那……」

「おまえらに旦那とは呼ばれたかねえよ。とっとと帰って、親分に土下座《どげざ》でもするんだな。女郎にしたい女を攫《さら》い損ねましたってな」

兄貴格はまだ咳《せ》き込んでいたが、水路から這い上がった巨漢も、古味と熊公の顔を見て黙りこくってしまった。

「このクソ同心……おまえもただじゃ済まさねえ。今夜みたいに、月夜ばかりだと思うなよ。行くぜ」

裾《すそ》を捲って立ち去る兄貴格を、巨漢たち手下らもぞろぞろ追いかけた。

「ふん。月夜ばかりじゃねえのは当たり前じゃないか。雨の日もあらあ」

熊公が言うと、古味が背中を叩いて、

「そういう意味じゃねえよ」

と苦笑すると、路地から町娘がゆっくりと近づいてきた。

「ありがとうございました。本当に申し訳ありません」

月明かりに浮かんだのは、髪を整えながら謝《あやま》る面立ちの整った美しい女だった。町娘姿とはいってても少し薹《とう》が立っているが、弱々しく見える。猪之吉が愛おしそうに駆け寄って、

「お嬢《じょう》……大丈夫ですか……とんでもねえ奴らだ、まったく」

「相手は誰か分かってます」

「もしや……」

「ええ。あいつらは、元亭主の使いですよ」

「そんな……寅三さんが、まさか……」

猪之吉がお嬢と呼んだのは、猪之吉と寅三が修業していた『まん福』の主人の娘、舞衣だったのである。

舞衣は『とら福』の寅三と、まだ修業中のときに夫婦になって、甲吉《こうきち》という子供ま

で生まれたのだが、その後、離縁していた。理由は色々あるだろうが、店の借金のために、舞衣が犠牲になったのは事実だ。

広太郎は婿《むこ》……つまり、寅三が店を出す際に、寅三の借金を請け負ったのだ。広太郎が金を借りることで、『とら福』の暖簾を出すことができた。親が子の面倒を見るのは、よくある話だ。

しかし、『まん福』の方はすでに暖簾を下ろしており、空き家同然となっている。舞衣は子供を食べさせなければならないので、しばらくは料理人を雇って店を出していた。が、所詮は素人みたいなものだから、立ちゆかなくなり、今は知り合いの大店《おおだな》で、下働きをしていたのだ。

寅三と猪之吉という弟子ふたりが立派な店を出している陰で、師匠と娘と孫は日々の暮らしにも苦しんでいたのだ。

「お嬢……なんなら、俺の所に来て下さいまし。甲吉も一緒に……」

「ありがとう……でも、そうはいきませんよ……あなただって世間体《てい》もあるだろうし」

「そんなものはありやせんよ」

「大丈夫。奉公している大店の隠居さんが、預かってくれてるんです。だから、私も頑張らなくては」

「お嬢……本当は俺に何か話があってきたんじゃありやせんか？」

「あ、いえ……そうじゃなくて……たまたま、今の奴らに出くわしたんで、とっさに猪之吉さんのことを思い出して……」

「たまたま……こんな深川くんだりまでですかい……」

明らかに、舞衣は嘘をついている様子だった。優しいまなざしで見つめながら、猪之吉はきちんと言った。

「とにかく、今日は送っていきましょう。でねえと、さっきの奴らがまだうろついているかもしれませんから」

「だったら、俺が送っていこう」

和馬が申し出た。それに、ただのならず者とも思えなかったからだ。

「──なんだか、いつも誰かに、こんな感じで邪魔されるんだよね……」

と千晶が呟いた。

「む……？」

と振り返る和馬に、千晶は苦笑いを返して、

「私もお節介に付き合いましょうかねえ……月もほら、見ていることだし」

そんなふたりを――。

逃げたばかりのならず者ふたりが、暗闇の中から凝視していた。そのぎらついた目は、恐ろしいほどの悪意に充ち満ちていた。

二

夕映えが広がる江戸湾には、真っ白な鴎《かもめ》が沢山飛び交って、その遙か向こうに富士山が見える。これが深川ならではの情景である。

その風景が売りの船宿が、深川の海辺や永代橋の袂《たもと》に何軒か並んでいた。その船宿の一軒に、人目を避けるようにして、ひとりの女が入ってきた。三十半ばの艶《つや》っぽい年増である。

しばらくして、千晶が同じ船宿の暖簾をくぐった。知らぬ者が見れば、先に入っている殿方と逢い引きをしているように見えるかもしれない。

「――どうせなら、和馬様と来たかったけれどねえ……」

人知れぬ秘め事とは違い、商家の内儀や良家の娘が時に、自分の居場所のために船宿や出合茶屋を利用して、髪を綺麗に結《ゆ》ったり、骨接ぎ医に整体をしてもらうことがある。千晶は、そういう客にも応じていたが、相手が男の場合は、密室になるから嫌らしいことを強要してくることもある。

だが、今日はどこぞの商家の内儀ふうだった。

屋敷や店に呼ぶこともできるだろうが、奉公人が誰もいない所で、ゆっくりしたいのであろう。

「まったく、近頃の若い衆ってのは、意気地がないねえ」

少し蓮っ葉な感じで、よく喋る女だなと千晶は思った。内儀ふうは主人に隠れて、たまに不義密通相手と楽しんでいるとまで話した。亭主にバレれば、三日三晩、高札場に晒された上で死罪となる。それを覚悟で、密会を重ねることで気分が高揚するという。

「でも、男なんて、いざとなったら逃げるし、必死に何もしてないなんて言い訳ばかりだしね。近松《ちかまつ》の浄瑠璃《じょうるり》のように、心の底から惚れて、あの世で一緒になろうなんて男は、ひとりたりともいないよ」

「お内儀は、そういう相手が欲しいのですか。一夜の相手ではなくて、冥途《めいど》に行ってまでずっと一緒にいたい殿方《こご》が」

「まさか……男なんて懲り懲りですよ」

千晶に肩や背中、腰や股《もも》などを揉まれながら、内儀は気持ち良さそうな顔で、

「これでも若い頃は、殿方にちやほやされたんですよ。でも、人の妻になったら籠《かご》の鳥……ねえ、お姐《ねえ》さん。あんたも綺麗だから、男がほっとかないだろう」

「いいえ、まったくもてません」

「そんなことはないでしょうに……けど、ほんと、おかしな話じゃないか。うちの亭主は、三人も女を囲ってるんだよ。男がよくって、女が燕《つばめ》を囲って悪いって法があるもんかい」

「でしょうかね……私はどうも……」

千晶が曖昧に答えると、女は手鏡を傾けた。その中の千晶の顔を見ながら、

「ほんと、若いあんたが羨ましい。ひとりの男に惚れ尽くすのも結構だけれど、やっぱり、色んな男としたいじゃないのさ」

「別に私は……和馬様だけでいいです」

「おやまあ、惚れた相手は和馬っていうのかい」

黙ってしまった千晶の顔を鏡越しに見て、内儀はうふふと艶っぽく笑った。

「ひとりの男に惚れ通して、死んでもいいと思えるのは一番幸せかもね……そういう相手がいないから、色々と乗り換えたくなる」

「そんなものですか……」

「でもね……心底惚れた相手なら、一緒に死んだり、後追い心中だってできるでしょ」

怪しげな話になってきたが、内儀は目を閉じたまま相変わらず気持ち良さそうに、千晶の力強い指に任せていた。

「でも、たしかに、お内儀のおっしゃるとおり、男は覚悟ができない弱虫かもしれませんね。女の方が度胸があります」

「はは、そうだよねえ……」

内儀は軽い溜息をついてから、すっくと起き上がると千晶をじっと見据えて、

「――さて、本題に入らせてもらいますよ。うちの亭主を、殺してくれないかい」

と静かだが強い口調で言った。

「えっ……？」

何を言い出すのだと、千晶は目の前の女を見つめた。

「頼みますよ。お礼はたんまり弾むからさ。五十両……いや百両でどうです」

内儀の口振りは、もっと出してもいいという感じである。千晶には、ふざけているとしか思えなかった。

「──冗談ですよね……何の遊びですか」

「遊びで人殺しができますか……私は、日本橋の呉服問屋『水戸屋《みとや》』の女房で、お蘭《らん》という者です」

呉服問屋の『水戸屋』といえば、文字どおり御三家御用達《ごようたし》の大店で、大奥女中や大名相手の高級な呉服店である。あまりにも唐突な話なので、千晶はすっかり怯《ひる》んでしまった。

「あの……冗談ではないとすると……相手を間違ってますよ」

「随分と用心深いんだね。深川診療所の産婆の千晶といえば、その筋の人ではよく知られた人ですよね……産むも殺すも、骨を潰すも繋ぐも金次第……恐ろしい女だってね」

お蘭と名乗った年増は、まったく思い込みで話を続けた。

「足下《あしもと》を見るわけじゃないが、船宿や出合茶屋で、こんな商いをしてるってことは、大した稼ぎはないのでしょ？　手段はおまえさんに任せるから、好きに始末して下さいな」

「──恐ろしいことを……私が自身番に駆け込んだら、どうするつもりです？」

「どうもしませんよ……百両が不満なら、二百両まで出します。それだけありゃ、何年も遊んで暮らせると思いますけどねえ」

ほくそ笑むお蘭の顔は、稀代《きたい》の悪女に見える。だが、もし誰かを殺したいというのが本当だとしたら、「止めなければ」という思いが、千晶の脳裏を過《よぎ》った。

「――だったら、お内儀……ご主人を殺したい訳を話してくれませんか」

「訳なんかいいでしょう。知ったところで、あなたには関わりない」

「ですが、日本橋の『水戸屋』という立派な大店の主人を殺すなんて寝覚めが悪いですよ。なかなかの人徳者だとも聞いてます」

「はっはっ……人徳が聞いて呆れる」

お蘭は吐き捨てるように言った。

「さっきも話したように、三人も女を囲ってるんだ。それとは別に、娘くらいの年の水茶屋の女に入れ込んで、向島に庵《いおり》まで造ってやった。これまでも関わりのあった女と何度も揉めて、幾ら手切れ金を払ったことか」

悪《あ》し様《ざま》に亭主の悪口を続けるお蘭に、千晶は肝《きも》が据わったのか、詳しく話を聞きたくなった。後で、和馬や吉右衛門、古味などに伝えるためである。

「あなたが『水戸屋』のお内儀だということは改めて調べますが……ご主人との馴《な》れ初《そ》めを聞かせてくれますか」

「どうして、そんなことまで……」

「本当にお内儀かどうか知りたいだけです。誰かを装って頼む輩もいますからねえ」

千晶は自分こそ〝殺し屋〟を装っているのを忘れたかのように確かめた。

「それに……一度は惚れ合って夫婦になった仲じゃないですか。女癖が悪いとしても、殺すなんて尋常じゃありませんからね」

千晶が顔を覗き込むと、お蘭は恥じらったように目を伏せた。自分でも言うとおり、若い頃なら、男が放っておかないほど綺麗だったはずだ。

「元々、『水戸屋』は私の兄が、お父っつぁんから継いだものなんだよ。兄も二年前に流行病《はやりやまい》で死んだけどね」

「ということは、あなたの婿が店を切り盛りしてるってことですか」

「そうだよ。主人は能左衛門《のざえもん》というんだけど、それも代々が継いでる名でね。婿のくせして、自分ひとりが苦労して一端《いっぱし》の大店の主人になったつもりさね」

「なるほど……お蘭さんには頭が上がらない立場であるにも拘《かか》わらず、女遊びに余念がないということですか。ろくでなしですね」

「遊びならまだ許せるけどね。とにかく、私を虐《いじ》めて、酷《ひど》いことをしてるんだ。どう考えても許せない……」

唇を噛みしめて、うっすらと瞼《まぶた》に浮かべた涙を、千晶はじっと見つめたものの、

「だからって、やはり殺しは……」

「自分じゃできないから、こうして頼んでるんじゃないさ……なんだよ。身の上話をさせといて、尻込みかい。もういいよ」

苛立って立ち上がろうとするお蘭の肩を、千晶はそっと押さえた。

「誰が断ると？　百両でいいです」

「本当かい……」

お蘭は、千晶の前にキチンと座り、

「今宵、うちのすぐ近く、日本橋にある『とら福』という料理屋に、うちの亭主が玉《たま》緒《お》という娘と来ます……さっき話した、水茶屋の女だよ」

「まさか、一緒に殺《や》れとでも？」

「心中に見せかけてもいいじゃないか……嘘だよ、うふふ。殺るのは亭主だけ」

言葉遣いといい態度といい、名のある大店の娘として育ったとは思えなかった。お蘭は性悪女のように流し目になって、

「うちのは、玉緒といるときは、いつも心が緩んでるしね。決まって使う部屋もあるんだ。私がうまく手配りするから、機を見計らって、思い切りやっておくれな」

と言った。お蘭は少し頭がおかしいと感じていたが、ふっと微笑《ほほえ》む娘っぽい表情に、千晶は思わず頷いていた。

三

日本橋の大店が連なる表通りに、『とら福』の暖簾は堂々と出ていた。商家のような軒《のき》看板や軒提灯《ぢょうちん》も立派である。

二階の奥座敷は、落ち着いた黒漆色の柱と、やはり黒を基調とした襖に囲まれているから、天井や壁の金色の紋様が鮮やかであった。行灯《あんどん》のあかりは暗めで、膳を照らす蠟燭《ろうそく》が運ばれてきた料理を綺麗に見せている。

炭火の上に、直《じか》に載せられた数匹の鮎が目の前に置かれると、

「ほう……これは、これは……焦げないもんなのだな」

と能左衛門は感心して、並んで座っている玉緒を見やった。まだ箸《はし》が転がるだけで笑う年頃で、艶《あで》やかな着物に煌びやかな簪《かんざし》をゆらしている女は、まさしく能左衛門の娘にしか見えなかった。

「本当に……どうなってるのかしら」

驚いて目を丸くしている玉緒の膳にも、仲居が置いて、

「ささ、熱いうちに、頭から食べて下さいまし」

「うむ。脂も乗ってて、いかにも美味そうだ。どれ、どれ……」

能左衛門が箸先でつまんで、言われたとおりに頭から囓《かじ》ると、思わず「うわッ」と声をあげた。何事かと玉緒が見つめると、能左衛門は口を突き出すようにして目を細め、

「こりゃ、なんだ……鮎のようで、鮎でなく……魚のようで魚でない……」

「おや、旦那様。謎解きですか？」

そう言いながら、玉緒も口にすると、同じように恍惚《こうこつ》の笑みになった。

「一体、何でしょう……たしかに鮎の香りはするのですが、苦みはまったくなくて、甘くてしょっぱい味わいと、肝《きも》が混じったようなコクがあって……不思議な食感……」

仲居は嬉しそうに頷きながら、

「ご満足いただけたようで、主人も大喜びだと思います。鮎の皮は固くて丈夫ですから、身をほぐして肝を酒煎《さかい》りして、かるく砂糖をまぶし、骨を油で何度か揚げたものを潰して身に混ぜ、それを皮で包むのです」

「つまり……鮎の中から取り出したものに手を加えて、元に戻したと？」

「はい。でも、鮎の丸焼きに見えますでしょ？　水戸屋さんもよくご存じのとおり、海老《えび》や蟹《かに》では、うちでよくやっている姿見料理《すがたみりょうり》です……ささ、炭も熱いうちに、お召し上がり下さいませ」

と仲居が薦めると、玉緒はキョトンとして何を言い出すのだという顔になった。だが、能左衛門は大きく頷いて、

「なるほど。さすがは『とら福』……備長炭か何か知らぬが、実に美味そうに焼き上がった炭だなあ」

と言いながら箸で摘んだ。ふうふうと息を吹きかけてから、一口頬張ると、

「アチチチ！」

口の中で炭を転がしながら悲鳴を上げた。

「な、なにをッ。だ、旦那様ア！」

思わず擦り寄った玉緒は、

「早く出して下さい。舌が焼けますよ、能左衛門さん！」

と背中を叩いた。すると、何度か咀嚼《そしゃく》してゴクリと呑み込んでから、

「ふわあ……なんとも言えぬ、甘くて栗のようだわい」

そう言って、能左衛門は笑った。また目を丸くした玉緒に、仲居が実におかしそうに口許《くちもと》を手で隠しながら、

「安心して下さい。これは、甘藷《かんしょ》を練って、蜂蜜と合わせたものを炭の形にして焼いただけです。黒いのは胡麻《ごま》で、奥にチラっと見える火のように赤いのは、南天《なんてん》の実です」

「甘藷と南天……」

「南天の葉を煎じたのも少し入れてます。胃腸を整え、実も適量であれば、咳《せき》などを鎮めますからね。旦那様が少し風邪気味だと聞いたので、主人が配慮致しました」

「はあ……なるほど……」

玉緒は安堵しながらも、甘ったれた目を能左衛門に向けて、

「私を騙したのですね。ほんとにもう、意地悪なんだから。つねっちゃいますよ」

「あらあら、炭火よりずっと、お熱うございますこと」

仲居は茶化すように笑って、次の料理を取りに行くと部屋から下がった。とたん、玉緒はもっと甘えたような声と仕草になり、能左衛門にしなだれかかった。

「ねえ……おかみさんと別れてくれる話は、どうなったんですか」

「すぐにでも三行半《みくだりはん》を渡したいんだがな、一応は、『水戸屋』の娘だ。下手《へた》をすれば、

俺の方が追い出される」

「弱気なことを……」

「女房の兄貴が流行病で死んだように、女房もそうなってくれれば御の字なんだがな」

「まさか、お兄さんをその手で……」

怪しむような目つきになる玉緒に、能左衛門は苦笑で返した。

「そんな度胸がありゃ、もっと偉くなってるだろうよ」

能左衛門はひしと玉緒を抱き寄せて、

「でも……それも、いい考えかもしれないな。女房に死んでもらうってことも」

と言うと、チリンと風鈴が鳴った。格子窓から涼しい風が舞い込んできて、ふたりを柔らかく包んだ。そのとき、

「なるほど。こんな阿漕《あこぎ》な亭主じゃ、女房が殺したくなるわけだなあ」

襖越しに隣室から、嗄《しやが》れ声が聞こえた。

「――旦那様……今の声は……」

玉緒が恐がると、能左衛門は臆病者なのか、少し震えながら、

「お、おいッ。そこに、誰かいるのか」

と声をかけたが、返事はない。

「……聞こえないのか、こら」

必死に強がりを見せた能左衛門だが、玉緒の方はニッコリと微笑みかけて、

「――また悪戯《いたずら》ですね、旦那様……料理で吃驚《びっくり》させるつもりでしょう。さて、次はどのようなものが出てくるか楽しみです」

「そうじゃない……妙だ……隣には誰もいないはずだが」

勇気を振り絞って、能左衛門は立ち上がると襖を開けた。

そこには――大きな出刃包丁を手にした吉右衛門が正座をして座っていた。しかも、烏帽子《えぼし》に白綸子《しろりんず》の直垂《ひたたれ》姿である。これは包丁式という古来よりの儀式の正装だった。

大きな俎板《まないた》の上には、まだ生きている赤い鯉《こい》が横たわっていた。

「ほらね。やっぱり……」

包丁人が四条流《しじょうりゅう》などの流儀に従って、客の前で魚や鳥を捌《さば》くことは、娯楽を兼ねた食の楽しみ方のひとつであった。特に武家の中で培われてきたものだが、『とら福』では時折、主人の寅三自身が、大名や旗本の前で演じて見せることがある。

玉緒はそうだと思ったのだ。しかし、能左衛門は不審に感じた。このような余興は頼んでいないからだ。

吉右衛門は包丁と菜箸を掲げて、〝掛かり〟という魚を切る形《かた》を演じて見せた。歌舞伎《かぶき》役者のように大袈裟《おおげさ》に振る舞い、俎板《まないた》をトトンと叩いて〝鳴り〟という仕草で形を終えると、吉右衛門は腰を浮かせて、包丁を能左衛門に向けた。

「ある人から、あんたを殺すよう命じられたのです。私には何の怨みもありませんが、あの世に旅立ってもらいますよ」

「な、なにをッ……」

「それが嫌なら、お蘭と別れて、その娘っこと何処なりと逃げるがいい」

「ば、バカなことを言うな」

「ならば、この場で死んでもらうしかありますまい。この鯉のようにね」

バサッと鯉の鰓《えら》の下に出刃を差し込んで、頭を落とした。俎板に鮮血が流れて、手で押さえている魚体がピチピチと跳ねた。気の小さな能左衛門は腰が砕けたように、

「ま、待て……なんなんだ、これは……」

「どうします。死ぬか、『水戸屋』から出ていくか。ふたつにひとつしかありませぬぞ。さもなければ、あなたが今していた話を、お蘭に伝えましょう。女房を殺そうとしている、とね」

「な、なんだ……おまえは……」

ぶるぶる震えながらも必死に返している能左衛門の態度を見て、ようやく玉緒も尋常ではないと思ったのであろう。その場から、逃げ出そうとした。

そのとき――。

階下が騒々しくなって、店の者たちが大きな声で何か喚《わめ》いているのが聞こえた。すぐに駆け上ってきた寅三が座敷に入ってくるなり、能左衛門に言った。

寅三は鍛え上げたように体が大きく、武士のような隙のない顔つきで、人を威圧する気迫があった。

「申し訳ない、水戸屋さん。ちょいと厄介事が起きたので、今日は引き上げてもらえないでしょうか」

「料理は、お終いってことですか」

「申し訳ない。実は……」

と寅三が言いかけたとき、隣室の俎板で頭の取れた鯉がピチピチと跳ねているのを見て、凝然となった。

「――水戸屋さん……これは何の真似です……」

「えっ？　今、古式ゆかしい包丁式がどうのこうのと、烏帽子直垂の男が……」

「知らない……私は何も……」

寅三はさらに得体の知れない恐怖に包まれた表情になって、断末魔に喘いでいる鯉の姿を眺めていた。

四

店を途中で閉めなければいけないほど、寅三に対して起こった事件とは、息子が拐《かどわ》かされたということであった。

離縁をした舞衣との間にもうけた子が、何者かに連れ去られて、

『千両用意しろ。でないと甲吉の命はない』

という脅し文が店に届いたのである。

甲吉のことを考えると、奉行所に届けた方がよいのかどうか迷ったが、自分ではどうすることもできない。自身番に相談したところ、北町定町廻り同心の古味と岡っ引の熊公らが来て対策を練っていた。脅し文の文字は見たことがなく、むろん誰かに脅迫される謂われもないと、寅三は思っていた。

「だがな、寅三……人は思いがけないところで恨まれてるもんだ」

古味は金持ちに対してなら、よくあることだと付け加えた。

「俺は、そんな……」

「ま、俺に任せれば、こんな手合い、ちょちょいと片付けてやるよ」

袖をぶらぶらと振る古味を、寅三は戸惑った顔で見ていた。

「冗談だよ。こんなときに、袖の下を寄越せなんて阿漕なことはしないが、ま、事件が片付いたら、めったに食えない上等な料理を食わせてくれ」

「……………」

「で、千両は用意できたのかい」

単刀直入に訊いた古味に、寅三は首を振って、

「そんな無茶な話はありません。千両なんて、俺には到底……」

「しかし、一席一両が相場という、物凄い値がすると聞いたことがあるぜ。しかも、昼夜と五十席ずつくらい出すから、日に百両の売り上げ。こりゃ、かなりのもんだ」

「古味の旦那……世間では、そう思われてるかもしれませんが、まさに台所は火の車でございます」

「全然、そうは見えないがな」

「本当でございます。料理屋ってのは、一割の儲けが出れば御の字です。仕入れる食材から油や炭、食器から飾り付け、もちろん板場の料理人たちや仲居の給金などを引

いていったら、俺の手元には大して残りません」

「ふうん、そんなもんかい」

「はい。ですから、千両なんて、とんでもないことです。誰の仕業《しわざ》か知りませんが、見当違いも甚《はなは》だしい……」

　怒りを露わにする寅三をじっと見ていて、熊公が横合いから口を挟んだ。

「じゃ何かい。迷惑だってことかい。息子が拐かされたのによ」

「そんなこと、あるはずがないでしょうが。ただ……」

「ただ？」

「離縁して、もう随分になります。なんで今更、俺に身代金を要求してくるのか、その意図が分かりません」

「女房と別れようが、息子は息子。甲吉は、おまえにとって、かけがえのない血の繋がった息子じゃねえか」

「ですが……」

「てめえには、払う謂われはないと？」

　熊公が顔を覗き込むと、寅三は困惑した目になって、

「そう責め立てないで下さい。これでも俺は、心配しているんです」

「だったら、払ってやりゃいいじゃねえか」

「ですから、そんな金は……」

「じゃ、見捨てるのかい」

「親分さん……勘弁して下さい。それより、何とかして下さい。こうしている間にも、甲吉は、酷い目に遭ってるかもしれないんですからね」

「ほう……おめえより、酷いことをする奴がいるのかね」

皮肉っぽい熊公の言い草に、寅三は俄《にわか》に険しい顔になって、

「どういう意味ですか、親分」

と少し語気を強めると、古味の方がズイと出て、

「拐かしで身代金を取るという事件は、必ず背後に何かあるものだ。だから、おまえさんのことも少々、調べたんだがな、別れた女房と息子には、周りの者が見ていても恐いくらいに、乱暴を振るっていたらしいな」

「えっ……」

「外面《そとづら》は随分よさそうだが、見境なく女房子供に当たり散らしていたところは、奉公人だけじゃなくて、近所の者たちも随分と見かけているんだよ」

「それは痴話喧嘩の類《たぐい》ですよ。俺はご覧のとおり、包丁一筋の人間で、他に何の取り

柄もありません。だから、料理には一生懸命になる。毎日が、戦《いくさ》みたいなもので、よく苛々《いらいら》するのはたしかです。そのせいで、女房子供に迷惑もかけやした。だからといって、乱暴な亭主の烙印を押されるのは心外です」

言い訳じみたことを言う寅三を、古味はじっと見据えて、

「だが、女房の舞衣も甲吉も、大怪我をしたことがあるらしいではないか」

「というか、倒れた弾みとかで……」

「ぶっ倒れるほど殴ったわけだ」

「旦那。俺は別に……」

「ま、それはそれとして、おまえは両国橋西詰めの『まん福』で修業したよな」

「へえ……」

「あの店には俺も二、三度連れてってもらったことがあるが、主人の広太郎はキリッと筋目の通った料理人だった。その娘をせっかく女房にしたのに、別れるハメになるとはなあ」

「……今度のことと関わりがあるので？」

ぶっきらぼうな言葉遣いになった寅三に、古味はそうかもしれぬと返した。

「えっ……それは、どういう……」

「おまえは、広太郎からかなりの借金をして、この店を出したそうではないか」

「ええ、まあ……」

「全部返したわけじゃなかろう」

「それは、俺と親方の問題でして……」

「だが、おまえのために、広太郎は借金をしていたんだ。そして、その返済が滞《とどこお》ったがために店が潰れ、舞衣が借金を被《こうむ》ることになったんだ。つまりは、おまえのせいで、舞衣は息子とふたりで苦労してるんだ」

「………」

「妙な連中に付け廻されてるとも聞いている。もしかしたら、その借金取りが、おまえからなら金が取れると踏んだのかもしれない」

古味はじっと相手を見据えて、

「もっとも、これは俺の推察だがな。本当のところは、まだ分からぬ。ただ、このように甲吉がつけていた数珠《じゆず》や御守りを、舞衣の方に送ってきてるのだ、その下手人《げしゆにん》は」

「………」

「なんとかして助けてやるのが親の情けってものではないか」

「もちろん助けたい気持ちは一杯です」

寅三は感情を露わにして、

「でも、拐かしならば、舞衣の方に脅し文を出すのが筋だ。なんで、俺に……」

と、およそ父親らしからぬ言葉を吐いた。古味は小さく頷いて、

「よく分かった。俺もたいがい阿漕な人間を見てきたが、実の子の危難を目の前にして、尻込みをするとは畏れ入ったぞ」

「どうして、私が責められなきゃならないんですッ。あ……もしかしたら、金に困った舞衣が仕組んだことかもしれやせんぜ。あいつは、あんなひ弱そうな顔をして、案外、性根のきつい女ですからね」

「終いには、別れた女房が〝狂言〟でもしてるというのか。大した野郎だ」

古味は呆れ顔になって、さらに責め立てるように言った。

「息子が死んだりしたら、おまえのせいにされてしまうぞ。そしたら、店の評判もガタ落ちだ。ここは、しっかりとしなきゃなるまいよ。料理人としてではなく、人としてな」

諭《さと》すように言う古味を、熊公は鼻白んだ顔で見ていた。が、息子を助けるためには金が必要であることは確かだ。とはいえ、千両の金は、おいそれと集めることはでき

まい。

これは一発目の脅かしで、徐々に現実的な金額に下がってくるであろうことを、古味は思い描いていた。

「町方でも鋭意、探索をしている。だから、おまえさんもせいぜい、気を張っておくんだな。それなりの覚悟をしてな」

厳しく言う古味を、寅三は不満げに睨み返していた。


その翌日、高山家の一室——。

ガラクタで溢れている中で、和馬と吉右衛門が出前の蕎麦《そば》を、ズルズルと音を立てて食べていた。傍《かたわ》らには千晶もいて、沈痛な雰囲気が漂っている。

「黙っているとぶさいくに見えますよ、千晶さんや」

吉右衛門が声をかけると、申し訳なさそうに肩を窄《すぼ》めた。

「おまえさんが、あの内儀に船宿に呼ばれた話は、聞かせてもらいましたがね、いま一度、詳しく教えてくれないかね……昨夜は吃驚しましたよ。ええ、脅しをかましているときに、拐かしですからねえ」

「…………」

「出向いたのは私の勝手だから、千晶が気にすることじゃありませんよ」

それでも、千晶は何故か黙っていた。それよりも、和馬の方が呆れ顔になって、

「吉右衛門も考えもなく、乱暴なことをするものだな。そこまで馬鹿とは思わなかった」

「どうしてです」

「人殺しを頼まれて、はいそうですかって行く方がどうかしてる。そんな猿芝居で事が解決すると思ったのか」

「はい。そうですよ……あんな脅し文が来なければ、話にケリはついてたはずです。後少しだったのに残念至極……」

あの日――お蘭に出会った千晶は、もちろん本気で亭主殺しを請け負ったわけではない。吉右衛門に相談して、事前に解決した方がいいと思ったまでだ。能左衛門は、どうやら悪辣な人間のようで、お蘭の亭主になったことで『水戸屋』を思うがままにした。それは事実だったからである。

「で……能左衛門ってのは、色好みのくせに腰抜けだと噂に聞いたから、玉緒と密会をしているところを脅せば、意外とすんなり、お蘭と別れると踏んだのですがねえ」

吉右衛門は軽率だったかと反省しながらも、惜しかったと思っていた。

「後は、お蘭が手切れ金を幾ばくか出してやれば、それでお終いだったのです。そしたら、殺しなんて馬鹿なことをせずに済みますからなあ」

滔々《とうとう》と、吉右衛門は自説を続けた。

「しかもね、驚いたことに、能左衛門の方も女のために、女房を殺してもいいなんて話してましたからねえ……吃驚ですよ。こうなれば、脅しが効くと踏んだのですがね、あの拐かしの騒動です。慌ててドタバタしているうちに……」

「ドタバタしたのは、おまえだろうが」

和馬は叱りつけるように言ったが、ふいに千晶の方を向いて、

「実はな、千晶……その拐かしの方には、俺も少々、関わりがあるのだ」

「え……？」

「おまえも一緒にいただろ。『ぼたん家』で起こった、あのならず者たちが……」

「ええ……」

「妙な因縁だと思わないか。千晶、おまえに亭主殺しを頼んだのが、『水戸屋』の内儀……そして、水戸屋の主人、能左衛門の殺しの場が『とら福』……その『とら福』の寅三の息子が拐かされたが、その母親で寅三の元女房の舞衣……」

「…………」

「因果は巡りじゃねえが、なんだか繋がりすぎてると思わないか」

「たしかに……」

吉右衛門と千晶はふたりとも頷いた。

「あの夜も垣間見たが、舞衣が借金取りのならず者らに脅されていた……此度《こたび》、息子を拐かされた母親がな」

「ええ……」

「そこでだ。あの場に来た古味の旦那と熊公に探ってもらったところ……舞衣を脅していたのは、般若《はんにゃ》の鮫蔵《さめぞう》一家にも関わりがある、銀六《ぎんろく》と鎌吉《かまきち》ら、遊び人だった」

般若の鮫蔵とは、深川界隈を牛耳《ぎゅうじ》って、岡場所にも顔が利く極道者である。

「たしかに見るからに遊び人でした」

「もしかしたらだが……奴らは舞衣からは借金が戻らないが、『とら福』からなら騙し取れると考えたのではないかな」

「ああっ……」

なるほどとは思った千晶だが、首を傾げながら、

「でも、和馬様……その話と、私やご隠居がしたことと、何の関わりが……」

「大ありだよ」

和馬は、吉右衛門と千晶の顔を見比べながら、

「千晶が船宿で施術を施した女……つまり能左衛門の女房のお蘭だがな……こいつも、なかなかの悪女らしいのだ」

その和馬の言い草に、千晶もお蘭の顔を思い浮かべて、さもありなんと頷いた。

「まあ、それはそうでしょうね……金を積んでまで、亭主殺しを頼むくらいだから。他に何かやらかしていたの？」

「熊公などの話では、お蘭は自分が『水戸屋』の金を自由にするために、実の兄を店から追い出して、能左衛門を自分の亭主にした節《ふし》がある」

「流行病で死んだと聞いたけど……」

「そのことは何とも言えないが、死んだのは店から出て、不遇な暮らしをしていた頃のことだ。殺しの証《あかし》があるわけではないが、そうでないともいえない」

「なんで……」

「お蘭にとっちゃ〝運良く〟兄貴が死んだだけということにするために、どうやら銀六と鎌吉のふたりに、殺しを頼んでいたようなのだ」

「ええ――!?」

千晶の胸の中がざわついてきた。

「もしかして、拐かしは、お蘭が命じた……とでも？」

「なきにしもあらず……だ」

「でも、なんのために。お蘭は『水戸屋』の実の娘だよ。亭主の能左衛門は入り婿だから、金ぐらい自由にできるんじゃ……それとも『とら福』の主人を困らせたい何かがあるの？」

「ああ、すべて繋がっている……かもしれぬ」

その話を聞いていて、吉右衛門が声を挟んだ。まるで解きほぐすように、

「さすがは和馬様……つまり、此度の一件は、お互いが知らないところで、幾重にも絡まり合ってるってことですな」

と言った。

「人を信じ過ぎるととんでもない、しっぺ返しもあるってことです……和馬様も人助けはほどほどにした方が宜しいのでは？」

吉右衛門は和馬に向き直って、

「和馬様も素直に人を信じ過ぎる……まだ若いから無理もありません。世の中、善人がほとんどですが、私も長年、色々な人間を見てきましたからね、分かってるつもりです」

「また説教か」

「そうですよ。ま、聞いて下さい……和馬様が大切にしている庶民の中には、悪い奴がいるのも事実なんです。ですが、持って生まれた極悪人とは違います。ほとんどの悪い奴というのは、自分勝手が過ぎて、人のことなど、どうでもいいと思うようになった奴のことです」

「だな……」

「人というのは、ちょっとした欲が芽生えたときに、悪いことをしてしまう……たとえば、金が欲しい、名誉が欲しい、色事を成就したい、怨みを晴らしたい……そのために嘘をついたり、人を貶《おとし》めたり、しまいには殺しまでしてしまう」

「人の心は弱いということではないか」

「和馬様は、その弱い人を救いたいと頑張っているようですが、助けられて恩義を感じる者が多くないのも事実ですよ。それに、何か事情があるにせよ、嘘で塗りかためて、生きている人も多いと思いますよ」

「あれ? 随分と穿《うが》った見方をするのだな。吉右衛門らしくもない」

「私も焼きが廻りましたかな。年のせいか、疑り深くなっています。人にも世の中にもね。ま、これは、年寄りの愚痴……」

短く溜息をついた吉右衛門は、真剣なまなざしになって、千晶を見つめた。

「千晶だって、悪いことが起こる前に止めようとしましたよね」

「…………」

「それによって、人の気持ちが少しでも変えられるかもしれない。事を起こした後で、悔やんでいる人もまた沢山、見てきましたからね」

「――ご隠居はどうしたいのです」

心配顔の千晶に、吉右衛門は真顔で言った。

「そうですな。まずは拐かしをした奴ら……銀六と鎌吉というのですか……そいつらを探し出して、甲吉を助けることですな」

「…………」

「古味さんたちが動いていますが、人の命よりも手柄でしょうから、ひとつ間違えば、取り返しのつかないことになります」

吉右衛門の言葉に、和馬と千晶もさもありなんと頷き合うのだった。

五

その翌日、舞衣の身辺を調べていた千晶が、意外なことを摑んできた。産婆の仕事をしているから耳に入ったことだが、拐かされた甲吉についてのことだった。

高山家まで駆け込んできた千晶は、和馬に伝えた。

「驚かないでね……舞衣さんが産んだのは、実は、『ぼたん家』の主人の子だとか」

「えっ。ということは猪之吉の……!?」

驚くなと言う方が無理である。

「はい。『まん福』で同じ釜の飯を食べていたふたりは、いずれもが舞衣さんに恋心を抱くようになった」

「ふむふむ……」

和馬が大きく頷くと、千晶は睨み返して、

「私には恋心を抱いてないようですが、恋心って分かりますか」

「いいから、続きを話せ」

「──舞衣さんは、実直で真面目な猪之吉に惹かれていたけど、寅三さんは強引なところがあって、どうしても舞衣さんを女房にしたいと、広太郎さんに申し出た。お腹に、猪之吉さんの子がいるとも知らずにね」

「拐かされた子が、猪之吉のな……」

「でも、そのことを、舞衣さんは猪之吉さんには話していないそうですよ。甲吉坊だって、寅三を本当の父親と思ってるでしょうから、今更、そんなことを話せば、心を傷つけるかもしれないし」

「ふむ……」

「広太郎さんは、寅三さんの腕前を気に入っていたから、ふたつ返事で嫁にやった。舞衣さんの思いを知っていたかどうかは、分かりませんがね」

「…………」

「なのに、店の忙しさにかまけて、妻子をあまり相手にせずに捨てた……そういう男だったんですね、寅三さんは」

「もしかして、甲吉が猪之吉の子供だと気づいてたのかもな……色々とあるのだな」

「ご隠居さんの言うとおり、人間てのは分からないものですねえ」

「うむ……もしかしたら、あの夜、舞衣が『ぼたん家』を訪ねてきたのは、本当は猪之吉の子だと打ち明けたかったのかもしれないな」

「だとしたら……」

「とにかく、千晶……おまえはもう余計なことはせずに、藪坂先生の手伝いを……患者を放っておくわけにはいくまい」

「でも……」

「雲行きが怪しくなってきた。おまえに何かあっては困る」

和馬は胸騒ぎが広がって、サッと立ち上がると屋敷から出かけていった。

「――おまえに何かあっては困る……」

千晶は和馬の言葉を繰り返し、

「やっぱり和馬様は本当は私のことを……ううん。恥ずかしい……」

そうは思ったものの、ガラクタだらけの部屋を見廻して、

「そうだ……まだ金目の物があるかも」

と漁《あさ》り始めた。

翌朝――。

どんよりとした雲が広がり、小雨が煙る隅田川を、屋根船がゆっくりと下っていた。

船底を打つ波音と櫓を漕ぐ音だけが鮮やかに聞こえ、潮風が扉の隙間から流れ込んで

きていた。

舳先《へさき》に近い所の壁に凭《もた》れた寅三に、しなだれかかっているのは——お蘭だった。

船室には、金屏風に囲まれるように布団が敷かれたままで、寝乱れた名残があった。

「拐かし……ですか。息子さんが……」

お蘭は同情の目を寅三に向けたが、どことなく冷ややかだった。

「……これから、どうするつもりなんです？」

「町方が探索してくれてるが、分からないことだらけなんだ」

「分からないって？」

「下手人は誰なのか、何が狙いなのか……身代金の受け渡しの場所や日にちを指図した投げ文が、昨夜のうちに届いてた……お上に言えば、本当に甲吉を殺すと書いてた。このとおり」

と寅三は、お蘭に投げ文を見せた。

「古味の旦那に見せていいものかどうか、迷ってる」

「それはよした方が……でないと、拐かした奴ら、何をするか分かりませんよ」

「ああ、俺もそう思う。だから、お蘭……悪いが、身代金の千両、用立ててくれないか。このとおりだ」

お蘭から離れると、寅三は土下座をした。

「そりゃ困ったときは相身互い……でも、あの甲吉ちゃんは、寅三さん、おまえさんの本当の子じゃないんでしょ」

「ま、そうだが……世間は知らないことだし、見捨てりゃ、俺の評判も悪くなる」

「手助けしたいのは山々ですがね、店の金は自由にならないんですよ。亭主が死んでくれでもしない限り」

お蘭の目がギラリと光るのを、寅三はじっと見つめ返した。

「恐ろしいことを言うんじゃないよ」

「この前も、あんたの店で、あの小娘と一緒にいる時に殺すよう、ある人に頼んでたんだけれどねえ……失敗した」

「えっ……！」

「私は本気ですよ。でないと、おまえさん……いつまで経っても、私を女房にしてくれないじゃないか」

「え、ああ……」

「私とは不義密通だから燃えるだけかい？　それとも、ほんとはまだ舞衣さんに未練があるのかい」

「そりゃねえよ。ただ、能左衛門さんは、うちの大得意だ。日本橋中、いや江戸中の大店の旦那衆を連れてきてくれる。裏切るわけにはいかないよ」

「もう裏切ってるじゃないさ」

また寄り添ったお蘭は、甘えるように寅三の頰や肩を撫でながら、

「千両はなんとかするから、私をおまえさんの女房にしておくれよ。亭主に離縁されたりしたら、『水戸屋』の娘とはいえ、私は無一文だ。そんな女じゃ相手にしてくれないだろう？」

「…………」

「これまでも、『とら福』のためには色々と用立てたんだから、ねえ、お願いだよ」

「──ああ……」

「なんだよねえ、まったく」

お蘭は吐き出すように言って、胸を押しやった。

「だったら、ほっときゃいい。どうせ、おまえさんの子じゃないんだから、知ったことじゃないだろうさ。評判が悪くなるって言ったけど、悪いのは拐かしをした方だ。それに、噂なんて、すぐに忘れられるよ」

「……意外と冷たい女なんだな」

「おまえさんこそ、私につれないじゃないですか」

「このとおりだ。何とかしてくれ。甲吉の命が助かれば、おまえのことも、きちんと考える。旦那と話をつけてもいい」

きっぱりと言った寅三を、お蘭は流し目で見ながら、

「本当に本気ですか」

「嘘はつかねえ。もし、拐かしで殺されたりしたら寝覚めが悪い。どうか頼む」

もう一度、土下座をする寅三に、お蘭は微笑み返して、

「仕方がないわねえ……今度ばかりは、信じてあげるとする。でも、もしまた逃げ出そうなんてことを考えたら、分かってますよね。巳年女《み》は執念深いですからねえ」

と言ったとき、ガガッと船底が擦れる音がして激しく揺れた。ふたりは抱き合ったまま転がった。船は大きく傾いて、川べりに乗り上げたのではないかと思われた。

「な、なんだ……！　船頭ッ、何をしてやがる！」

這いずって艫《とも》の方へ出てみると、朝靄《あさもや》はまだ広がったままで、岸辺に飛び降りた船頭が駆け去る姿が見えた。

「おい！　何処に行くンだ、船頭！　どうにかしやがれ、こら！」

怒鳴りつける寅三を無視して、船頭はそのまま朝靄の中に消えた。

「あのやろう……座礁させたから逃げやがったな……」

　と寅三が言ったが、

「人に見られちゃまずい。後は俺が何とかするから、おまえは一足先に帰ってろ」

「――寅三さん……今のは偽の船頭かもしれないよ」

　お蘭は苦虫《にがむし》を嚙みつぶしたような顔で、黒髪に落ちてくる雨粒を振り払うのだった。


　翌日の昼下がりのことである。熊公が『とら福』を訪ねてきて、

「もう身代金を用立てることはないぜ」

　と寅三に言った。

　驚いて、どういうことかと問い返す寅三に、熊公は訝《いぶか》しげに大きな顔を突きつけて、

「息子が帰ってきたんだ。舞衣のところに」

「え、そうなんで？」

「なんだ。さして嬉しくなさそうだな」

「そんなことはありません。だったら、いいんです。ホッとしました。そうですか、甲吉は舞衣のところに……」

　寅三が安堵したように言うと、熊公はまだ怪訝な表情のまま、

「だがよ、釈然としないところもあるってんで、舞衣の立ち合いのもとで、古味の旦那が甲吉から話を色々と訊いてるんだ。まだ三つだから要領を得ないけどよ」

「…………」

「下手人はどんな奴だったか、何処に連れていかれていたのかってな」

寅三は何か思い当たる節があるのか、熊公を奥の座敷に招いた。

「実はね、親分……此度の拐かしは、何となく唐突過ぎて、俺にはどうにも解せないところがあるんですよ」

「解せない？」

「舞衣とは縁を切ってるし、なんで俺に身代金を要求したかです」

「そりゃ、おまえが親父だからだろう。しかも、『まん福』はとうに潰れてるし、舞衣には到底、無理な額だ」

「だからですよ」

「……何か訳でもあるのか」

「ええ。まだ誰も知らないと思いますが、甲吉は俺の子じゃなくて……猪之吉が実の父親なんですよ」

「猪之吉？」

同じ店で修業をした料理人で、『ぼたん家』の主人だと寅三が話すと、

「ああ、あいつか……」

と熊公は思い出した。店の前で、猪之吉と般若の鮫蔵の若い衆が、広太郎の借金がらみのことで揉め事があったことを伝えた。

「そんなことが……」

寅三は驚いたが、「もしや……」と呟いてから話を続けた。

「――奴の店もそこそこ繁盛してるようだが、台所の事情はおよそ見当がつきます。あんないい食材を使ってちゃ、いずれ立ちゆかなくなりますよ」

「そうなのか？」

「ええ。うちのような大名旗本や金持ちが相手なら、吹っかけることができましょうが、あいつにはそんな目端《めはし》は利かないから……いや、私は別に狡《ずる》いことをしてるわけじゃありませんよ。舌が肥えていると言いながら、どうせ、ろくに分からぬ者が相手だから色々と工夫をせざるを得ないんです」

悪びれる様子もなく、寅三は料理人としての違いを話し続けた。

「だが、あいつは素材をそのままに使うことに躍起になってるから、仕入れと売値の釣り合いが取れないんだ。親方の下で働いているときなら、食材を好きなだけ使えた。

けれど、自分でやってみると、思うようにはいかないと分かったはずだ」

「そんな話はいいから、ちゃんと答えろ」

熊公は止めると、寅三は少し震えながら話した。

「——で、ですから、舞衣と猪之吉は前々から、甲吉が自分たちの子だと承知してた……だから店の金に困ったので、拐かし狂言をやらかして、私から金をせしめようとしてるんじゃないか……そう思ったんです」

寅三は確信したように言ったが、熊公は苦笑いして、

「それはどうだかな。まず母親の舞衣は、本気で心配をしていた。気がおかしくなるくらいにな。とはいえ、そういう裏事情があるなら、考えられないでもねえな」

「では、調べてみてくれますか」

「一応、古味の旦那にかけあってみる。だが、肝心の人質が帰ってきたんだから、もし、おめえの言うように舞衣と猪之吉がやった拐かしなら、狂言みたいなものだから、そんな馬鹿なことは二度とするめえよ」

熊公はあっさり言って立ち去ったが、寅三にはまだ釈然としないものが残っていた。

六

その翌日の昼下がり、寅三がぶらりと『ぼたん家』の暖簾を分けて入ってきて、

「相変わらず、精出してるじゃねえか。いい評判ばかり聞くぜ」

と付け場で料理をしていた猪之吉に声をかけた。チラリと見た猪之吉だが、すぐに手元の釜に目を戻して、

「悪いな、寅三さん。見てのとおり、手が放せないんだ。店が終わってから……」

「今日は客で来たんだよ」

「客……？」

訝しげな目を向ける猪之吉に、寅三はみじんの笑みも見せずに、

「俺ひとりだから、何とかしてくれ」

「あ、ああ……」

面倒くさそうな声になる猪之吉に、

「なんでえ。おまえは他の客に対しても、そんな態度を取ってるのかい？」

と寅三は文句を垂れた。

言いがかりをつける寅三に、鰹節を削っていた弟子の染吉が、「なんだと」と気色ばんだが、猪之吉はすぐに止めて、

「よく、いらっしゃいました。どうぞ、その端っこの席で窮屈ですが、ご勘弁下さい」

と返した。

「――おう……では、今日の美味いところを出してもらうか」

「承知致しました……」

猪之吉は捩《ねじ》り鉢巻きに襷《たすき》がけで袖を整えると、迎えの酒として柑橘《かんきつ》の香りのする酒を少しばかり杯に注いだ。

グイッと寅三がやるのを見計らって、木の芽と粽《ちまき》を差し出した。まず木の芽をパンと掌《てのひら》で叩いて、香り立つ匂いを嗅ぐ。瑞々《みずみず》しく鼻孔を洗ってくれるような爽やかさを感じながら、寅三は小さく頷いた。

「よくこうやって、親方に言われたたな。同じ木の芽でも、ほんの少しの違いを分からなきゃ、一人前の料理人にはなれねえとな……だが、おまえのやってることは、単に親方の真似に過ぎねえ。何処かでぶっ壊すことができないと、一生、おまえの料理はできないと思うがな」

「俺の料理なんてものは考えてもいません」

「なに……？」

「お客さんに食べてもらいたいものを、お出しするだけです」

「そりゃ、俺だって同じだ。食いたくねえものを出すかよ。おまえらしさは何だと、訊いてるんだ」

「強《し》いていえば……親方の味を忠実に何度も繰り返して作るということですかね」

「そうかい。ま、それもよかろうぜ」

笹で包んだ糸を指先に絡めてスルスルと解きながら、

「――粽結《ゆ》ふかた手にはさむ額髪《ひたいがみ》」

「芭蕉《ばしょう》ですね」

「わざわざ言うねえ、野暮天《やぼてん》が」

ケチをつけて、包みから現れた木の葉鯛《だい》の早鮨を頰張った。仄《ほの》かな酸味と甘みが口の中で広がって、淡泊な鯛の引き締まった身がいい塩梅の食感となっている。粽とは元々、〝茅《ちがや》の葉で巻いた菓子〟という意味で、そう名付けられたが、熊笹《くまざさ》や菖蒲《しょうぶ》、葦《あし》、菅《すげ》など色々な葉で巻くようになった。その葉ごとの香や形も楽しめるのである。

「いかにも、この時節のものって感じだが、珍しいもんじゃねえな」

「こういうのしか、できないもので」

「客に居直るのかよ」

「相済みません。寅三さんのように、会席の最後に、炊き込み飯を食べさせるわけではないので、まずは腹に入れてもらいたいと」

「会席ならぬ、懐石料理の形を受け継いでるってわけか」

「もちろん、魂も……」

「へえ、上等な口をきくようになったな」

寅三は決して相手を認めないという口振りでありながら、次に出された筍《たけのこ》と鱧《はも》の椀には、ほっと落ち着いたような溜息を洩らした。素朴な味わいだが、目に見えないところに手を掛けているのを感じる。江戸では鰹出汁《かつおだし》がよく使われるが、浸し具合の一瞬の違いで、風味の良し悪しが分かれる。

「なかなか腕を上げたじゃねえか」

「兄さんに褒められたのは初めてでございます」

「褒めたんじゃねえ。感想を言っただけだ。それに、兄さんなんて皮肉も御免だ。俺の方が年下だし、兄弟子だなんてみじんも思ってねえだろうが」

続けて何か言いかけた寅三だが、向付として出てきた、煮鮑《にあわび》、海老《えび》、子持ち柳葉魚《ししゃも》などを味わいながら、酒杯を重ねた。空豆《そらまめ》に干瓢《かんぴょう》、茄子《なす》などの江戸近郊で作られている菜の物の煮物を静かに味わった。

ひとつの鉢の中にあっても、素材はそれぞれ別々に煮て、後で合わせるものだ。食材によって火の通り方や味や出汁のしみ込み具合が異なるからだ。それを丁寧にしていることに、寅三は感心したが、特に何も言わなかった。

その間に、他の客も入ってきたので、寅三の口数はしだいに少なくなり、鰤《ぶり》の揚げ物や槍烏賊《やりいか》のしゃぶしゃぶを食べた頃には、寅三も心が落ち着いたのか、暖簾をくぐって入ってきたときよりも、穏やかな顔になっていた。

「俺としちゃ、焼き物が欲しかったな」

箸を置いた寅三が声をかけると、猪之吉は俯《うつむ》き加減に、

「料理の修業では、揚げ物でも煮物でもなく、焼き方が一番、難しいので、寅三さんに出すのが恐いから、外しました」

「恐い……？」

「はい。ボロが出やすいですから。寅三さんは、蟹でも殻ごと揚げたり、魚でも丸のまま食べられるように細工をしますよね」

「細工って言うな。料理だ。蟹だって、一旦、茹でたのを丁寧に身を解《ほぐ》して、蟹みそ

を和えて、陰干しにした殻に詰め込んで、じっくりと時をかけて揚げるんだ。誰しも殻なんざ食えねえと思うだろうが、これが煎餅みたいになって、実に美味い」

「羨ましい限りです。俺には、鮎に詰め物をして焼き直すなんて芸当はできません」

「だったら、素直に焼けばいい。客が求めてるんだ。断ることはねえだろう」

寅三が半ば強引に言うと、猪之吉は仕方がないと頷いて、

「そうですか。ならば……江戸前のものなら大抵ありますが、海の物ではなくて、鮎か岩魚《いわな》、山女魚《やまめ》では如何でしょうか」

「その中じゃ、岩魚が最も淡泊で、料理が難しいといわれてる。それを焼いてくれ」

「畏まりました」

「しかし、岩魚は綺麗な水の所しか棲まねえし、警戒心が強いから、なかなか釣れないが、何処から仕入れた」

「毎朝、長瀞《ながとろ》の方から猪牙舟《ちょき》で届くのを受け取りに行ってます」

一晩で届くのだが、綺麗な水の中に生かしたままだから、釣ったばかりと比べて遜色はない。だが、途中で死んだものは、賄《まかな》いにしか使わない。

炭火でじっくりと丁寧に焼き上げた岩魚は、燻《いぶ》られた笹の葉に載せられて、寅三の前に出された。まるで生きていて、泳いでいるような勢いのある形だ。が、背鰭《せびれ》、尾

鰭には、形が崩れたり焦げたりしないように、見事な飾り塩が施されている。

「特に川魚は、身をつつけばすぐに崩れる。かといって、焼き方がまずけりゃ、身が離れない。皮が固いから、箸でつついて食べにくい。だが、ここだという見極めで焼くと、ほくほくとした食べ頃で、身離れもよく、淡泊な魚でも甘みが出るんだ」

寅三が説教臭く言うと、猪之吉はふっと苦笑して、

「それは、親方がいつも言ってたことですよ。寅三さんが受け売りをするとは思ってもみなかった」

「受け売りじゃねえ。親方からの教えを換骨奪胎《かんこつだったい》して、てめえの体の中に染み込んでいるだけだ」

「……ですね」

猪之吉が頷くと、寅三は箸で岩魚をつつきはじめた。頭と骨だけを残して綺麗に食べ終えると、絵に描いたように骨だけの魚の形が残った。もちろん、背鰭と尾鰭も、見事に崩れないまま残っている。

──上手《うま》く焼いた証《あかし》だな。

と寅三は思ったが、悔しさが半分あるせいか、決して褒めなかった。猪之吉とて、それは心得ている。客から「おいしい」と言われることは嬉しいが、褒められるため

に料理をしているわけではない。親方の最高の褒め言葉とて、

「まあまあだな」

というものだった。まあまあだと思われれば、客は心から満足しているのだと、猪之吉は理解していた。

「――どれも美味しい料理でした」

本気か嘘か、寅三がそう言って立ち上がろうとしたとき、

「待って下さい、寅三さん……ただ食べに来たわけではないでしょう」

「店を開ける前に、図体のでかい岡っ引が来て、甲吉ちゃんが拐かされたって聞きました。帰ってきたからよかったですが……もしかして、さっき何か言おうとしたのは、そのことじゃありませんか？」

「…………」

「とにかく、無事で良かったです」

寅三は小さく頷いてから、猪之吉をじっと見つめて、

「――おまえも舞衣と一緒になって、俺を騙してたのか？」

「え……？」

「甲吉は、本当は、おまえの子供だ。だから……」

何か言い続けようとした寅三に向かって、猪之吉は大笑いになった。

「そんなにおかしい、か」

「寅三さん。俺は、舞衣さんには指一本、触れていませんよ」

「嘘つけ」

「誰が、そんなことを?」

「舞衣自身がだ」

「寅三さんと夫婦喧嘩でもして、その弾みか何かで適当に言ったことではないですか。正真正銘、俺とは関わりがありません。もし、そういう出鱈目《でたらめ》なことを信じて離縁をしたのなら、迎えに行ってあげて下さい」

「…………」

「舞衣さんは、寅三さんが料理にばかり没頭して、自分たちのことを振り向いてもくれないと愚痴を言っていたことがあります」

「ほれ、みろ。おまえたちは……」

「違います。ちゃんと聞いて下さい。これは、親方が言っていたと、舞衣さんから聞いた話ですが……」

と猪之吉は前置きをして、

『とら福』は、他の数ある料理屋の中でも図抜けて美味いと話してました。けれど、客を驚かせようとするあまり、料理の本筋から少しずつ離れていっているのではないかと心配していたそうです」

「余計なお世話だ」

「自分の料理を出世の手段にしているのではないか。名を売りたい、番付で綱を張りたい。風変わりな料理を作って人の噂になりたい。それが料理人の使命と思っているとしたら……それは違うって」

「俺は俺のやり方で、のし上がってきたんだ。おまえは、おまえのやり方でやればいい」

「だから、そうしてます」

猪之吉は両手を広げて、付け場の幅を測るようにしてみせて、

「ひとりの料理人ができるのは、せいぜいこれくらいです。目の前にいる人のために、全身全霊を尽くすことができるのは、この二本の腕の間くらい……これを身の丈というと、親方も教えてくれました」

「知ったふうなことを……」

「すみません、生意気に……でも、寅三さんは、塩を盛りすぎたんだと思います」

「なんだと？」

「釈迦に説法でしょうが、飾り塩は、魚の姿形を整えるだけではなくて、香りや風味を引き出すために、じっくりと溶ける塩でなくてはならない……美しく見せることだけじゃないんです」

「うるせえ……」

「舞衣さんと甲吉ちゃんにまで、自分を飾りつけることはないと思います。本当の寅三さんの、素《す》のいいところを見せるべきだと思います」

「………」

「口幅《くちはば》ったいようですが、風変わりな料理を作ることは良いことです。でも一番、難しいのは素のままに出すこと……だからこそ却って、目に見えないところに手がかかるのだと思います……女房子供を慈《いつく》しむことは、それと同じだと思いますよ、寅三さん……」

いつもは決して口数の多い猪之吉ではないが、朴訥《ぼくとつ》な人柄なりに懸命に訴えた。

「──うるせえ……」

寅三はポツリと呟いたが、後は黙ったまま、酒を口にした。

その時、小上がりから声がかかった。

「こっちにも、鮎を一匹焼いてくれないかな。それと燗酒ももう一本」

と顔を出したのは吉右衛門だった。

「へい。ただ今」

猪之吉が微笑んで返事をしたが、寅三は他の客の声なんぞ聞こえないように、残っている酒を飲み干した。

七

もう数日前から、『水戸屋』に能左衛門の姿はなく、帳場の金庫には二十両ばかり足りないと番頭が気づいていた。またぞろ玉緒と出かけるために、店の金を持ち出したに違いないと思っていた。

だが、何も言わずに店を出たきり帰ってこないから、本気で駆け落ちして、向島の庵に住んでいるのだろうと、お蘭は思っていた。

日本橋の大通りは秋雨が降っていて、色とりどりの番傘の花が咲いていた。ついこの前まで汗ばむ暑さだったのに、急に風がひんやりとしてきた。出商《であきな》いの商人も合羽《かっぱ》姿で急ぎ足になっている。

お蘭が千晶に呼び出されたのは、そんな夕暮れ間近だった。

近くの大きな茶店の奥室に入ると、待っていた千晶が手を差し出した。

「なんの真似です？」

苛ついたようにお蘭が見やると、

「約束の金を貰いたい。あの時、手付も貰ってませんでしたから」

「え……」

「ご主人はきっちり始末をつけました。あなたの望みどおりにしてあげたのですから
……さあ、今更、知らぬ存ぜぬはなしですよ。こっちは危ない橋を渡ったのですから
ね」

「う、嘘おっしゃい……」

「だったら、その目で確かめに行きますか……いずれ、誰かが見つけるでしょうが、
私のことは絶対に内緒ですよ。でないと、お上に洗いざらい話します。あなたと私は
一蓮托生ですからね」

お蘭は真偽を測りかねるように窺っていると、千晶の方が声をかけた。

「屋根船で、寅三と会ってましたよねえ」

「!? もしかして……」

「女船頭をしてたことがあるんですよ。私、こう見えて、力があるんです。骨を潰すも繋ぐも金次第ですからね」

千晶は居直ったように胡座《あぐら》をかいて、

「実はね、お内儀……私は、あなたを殺して欲しいと、ご主人の能左衛門さんからも頼まれていたんですよ。私のことを何処でどう調べたのか、ま……蛇《じゃ》の道は蛇《へび》ってやつですかねえ」

「…………」

「あなたはご主人を殺してまで、『とら福』の主人、寅三と添い遂げたいと思ってたようだけど、相手はそこまで考えてませんよ」

「どうして、そんなことを……」

「だって、舞衣って元女房と縒《よ》りを戻しましたからね」

「!……」

「たぶん、息子の拐かしの事件で、一度は惚れた者同士、夫婦の絆《きずな》が強まったのかもしれないわねえ……でも一歩違いで、私は始末してしまいました……ご主人を亡き者にして、寅三と一緒になりたがったあなたの願いは叶いそうもないけれど、きちんと報酬は戴きとうございます」

底意地が悪そうに口許を歪める千晶に、お蘭は睨み返した。

「本当の話かい……あの人を殺《や》ったっていうのは」

「くどいですねえ。ここで待ってますから、さっさと金を持ってきて下さいな」

「……信じられないわねえ」

「疑り深い女《ひと》ですこと。あんな大店の娘に生まれたのに、どうして、こんな女になっちまうのか、そっちの方が不思議ですよ」

千晶は煙草《たばこ》盆を引き寄せて、煙管《きせる》に葉を詰めた。火をつけて美味そうに煙を吹かすと、お蘭は震える手でそれを引ったくって、赤い唇に咥《くわ》えた。思い切り吸い込んで煙を吐き切ると、静かに言った。

「——寅三が悪いんだよ」

「…………」

「女房と別れるから一緒になってくれ。だから、おまえも主人と別れてくれ……そう言って口説《くど》かれたんですよ……主人と一緒に『とら福』に行ったのが運の尽きさね」

お蘭はまた唇を尖らせて煙を吐くと、千晶は探るような目で、

「寅三さんは一目惚れしたって訳ですか、人の妻に」

「私にじゃなくて、うちの身代にさ。金が欲しかったんだ。店を廻すための金がね。

大名や旗本を相手にするんだから、襖ひとつ、畳の縁にしても金をかけなきゃ気が済まない。そういうところに贅沢をかけはじめると、際限がないんだろうさ」

「…………」

「私は店の金を随分ちょろまかしたけど、主人は知ってても知らん顔。自分のことを責められるのが恐かったんだよ」

「それは、お互い様ですねえ。身の上話はもう結構ですから、早いとこ……」

「まあ待っておくれよ。私だって、好きこのんで能左衛門と一緒になったわけじゃない。兄が生きてたら、別の人と……周りのお陰で、私の人生は狂ってしまったんだ」

「そんなものでしょう。人生、自分だけの都合どおりにはなりませんよ。さあ、早く」

千晶が急《せ》かすと、お蘭はようやく承知して立ち上がろうとした。そのとき、襖が開いて、羽織姿の和馬が入ってきた。

「——だ、誰だい……」

びっくりしたお蘭は、偉丈夫《いじょうふ》の和馬を見上げて、ほんの一瞬、怯えたような顔になった。透かさず、和馬は険しい声で、

「話は聞かせてもらった。お蘭とやら、あんたが亭主殺しを頼んだことは明白だ。正

直に話してもらおうかな」

「あんたは……」

　と、お蘭が言いかけたとき、千晶は「まずい」とばかりに逃げ出した。思わず追って出ようとしたお蘭の手は、和馬がしっかりと摑んで放さなかった。

　千晶の姿はあっという間に見えなくなったが、

「待ちやがれ、このやろう！」

　と荒々しい声が表でする。お蘭が格子窓越しに覗くと、古味と熊公が必死に逃げる千晶を追いかけているのが見えた。すぐに古味に追いつかれて、捕まった千晶は必死に泣き叫んでいる。

「私が悪いんじゃないよ。あの女だ！　あの女に頼まれただけなんだよう！」

　大暴れしている千晶の様子を目の当たりにして、お蘭は驚愕に身を震わせたが――

　それはもちろん、古味と熊公、そして千晶がやっている〝芝居〟である。

「あの手の女は、痛い目に遭う前に、すべて吐いてしまうだろうな」

　和馬が冷徹に言った。

「その前に……銀六と鎌吉も正直に白状したぞ。拐かされた甲吉は小さいけれど利口な子でな、ふたりの顔をよく覚えてたんだ」

「う、嘘……」

思わず洩らしたお蘭に、和馬は鋭いまなざしのまま、

「何が嘘なんだ？　銀六と鎌吉を知っているってことだな」

「!?……」

「ふたりは、おまえに頼まれて、拐かしをした。狙いは、寅三が金の無心に来るよう、し向けるためだ。そこまでしてでも、おまえは寅三の気を惹《ひ》きたかったんだな」

「知りませんよ……」

「銀六と鎌吉にしても、舞衣から金が取り返せないのなら、狂言でなら拐かしもよかろうと話に乗ったらしいが、結局は一文にもならなかった。つまりは、何もしてないのと同然てことだ」

「…………」

「やつらふたりについては、お咎めなしとしてやったよ。但し、舞衣の借金はチャラにさせた。で、まっとうな仕事に就くようにと世話もしてやった」

恩着せがましく言う和馬に、

「あんた、一体……」

とお蘭は不思議そうに見上げた。和馬は自分の素性は言わないで続けた。

「無事、甲吉が帰ってきたから、寅三も安心したんだろう。さっき〝殺し屋〟の女が話したとおり、ふたりはまた一緒に暮らし始めた。ちょいと啀《いが》み合ってた『ぼたん家』の猪之吉とも、いい意味で腕を競い合うようになったようだ」

「…………」

「能左衛門に近づいてた玉緒って小娘は、札付きの性悪女《しょうわるおんな》だったようだ。だから、能左衛門は気の迷いだったと諦めたようだ」

「諦めた……？」

「おまえを殺すことをだよ」

「えっ……ええ!?」

「もっとも玉緒も狙いは、能左衛門の身代だから、あわよくば後添えになろうと考えていたのだろうが、能左衛門がおまえと縒りを戻すと決めた限りは、身を引くしかあるまい。ま、玉緒も何か悪いことをしたわけでもないから、何のお咎めもない。どうせ、また男を渡り歩くんだろうよ」

「ちょ、ちょっと待って下さい……」

お蘭は不思議そうに首を横に振りながら、

「主人は……殺されたんじゃないんですか、あの女骨接ぎ医に……」

「どうして、そう思う」

「えッ……どうしてって……」

困惑した表情になって、お蘭は余計なことを言ったかと口をつぐんだ。和馬はすべてを見抜いているように、

「たしかに、おまえも一時の気の迷いで、亭主がいなくなった方がいいと思ったのだろうが、それは他の女に入れ上げているのが耐えられなかったからだろう」

「…………」

「自分も仕返しに不義密通をしてもいいと思った。だから、寅三に言い寄られて、また女に目覚めたんだろう。ちょいと歯車が狂ったために、色々な不運が重なりつつあった。下手をすれば、おまえは人殺しになってた……あの女骨接ぎ医が始末したってのは、旦那の気持ちを元に戻すために、玉緒の素性を暴いたってことだよ」

「…………」

「身も心も整えてやったってところか。さすが藪坂先生お墨付きの骨接ぎ医だ」

「——でも、さっき……」

「あれは、おまえを脅すための芝居だ……家に帰ってみな。もう能左衛門が帰ってきている頃だ。お互い何事もなかったように、飯でも食えばどうだい」

「…………」

「俺のお薦めは、『ぼたん家』の方だがな」

　和馬が初めて微笑みかけると、お蘭は何と答えてよいか分からず、しばらく茫然と見つめてから、

「まだお若いのに……あなたは一体……」

「福の神の使い……とでも思ってくれればいい」

「――福の神……？」

　少し落ち着いたお蘭に、和馬は微笑みかけて、

「幸せというものは、常にすぐそこにあると思うのだがな」

「そこ……？」

「自分の目の前にだよ。思いどおりにならないこともあるだろうが、自分は幸せだと信じる。それこそが素晴らしいことだと、俺は思う。その心がなくなったとき、悪い気持ちが起こってくるんじゃないかな」

　何かに打たれたように、和馬を凝視していたお蘭だが、おもむろに立ち上がると、茶店から出ていった。亭主が待っているであろう『水戸屋』までは目と鼻の先だ。だが、長いような道のりにも見える。

いつの間にか雨が上がり、水たまりには月が映っている。『水戸屋』の軒提灯に向かって、ゆっくりと歩き出したお蘭の背中を、和馬はじっと見送っていた。

「お疲れ様でした、和馬様」

いきなり千晶が駆け寄ってきて、寄り添った。

「上手くいきましたね。ご隠居様って、料理も能楽も上手だけど、狂言の筋立てもなかなかですよね。ねえ、和馬様」

千晶は惚《とぼ》けた口調で、さらに腕にしがみついた。

「なんだ、戻ってきたのか」

「私も女歌舞伎さながらに熱演したのですから、ご馳走して下さいな。できれば今日は、『とら福』の方がいいなあ」

「そんな金はない」

「ただ働きですか？　だったら、いっそのこと和馬様も殺してしまおうかしら」

「悪い冗談はよせ」

「もし私が女房になったら、日がな一日中ずっと和馬様のこと見てますね。そして、浮気なんぞをしたら、ぶっ殺す」

わざと怖い目をする千晶を見て、和馬は笑うに笑えなかった。

「おや、何か困ることでも？　うふふ。やっぱり今日も私たちの身の丈に合った『ぼたん家』の方で許してあげます」

「許すって……俺は何も悪いことはしてないが？」

「言い訳はみっともないですよ。さ、行きましょう、行きましょう」

「いや、俺は何も……それにな、俺たちには『ぼたん家』だって贅沢過ぎる。身の丈というなら、俺の屋敷で茶漬けでも」

「嬉しい。自分の家に誘ってくれるのですね。それが一番です。そうしましょう。そうしましょう。お泊まりしてもいいんですよね。丁度、今日はね、ご隠居さん、何かの寄合でいないんですって」

「お、おい……」

手を引っ張る千晶にされるがままに、和馬は雨上がりの道を歩き出した。何が楽しいのか、千晶は笑いながら、月明かりや辻灯籠で燦《きら》めく水たまりをひょいと跳び越えた。

その後——猪之吉は時々、高山家に訪れては、遊びに来る子供たちに美味しい料理を食べさせたり、深川診療所に来て、滋養の高いものを患者らに振る舞っている。

「そこにある幸せか……和馬様もなかなか良いことを言う……」

何処で聞いていたのか、吉右衛門は幸せそうな人たちの姿を見て、陽だまりの中を、いつもの穏やかな笑みを浮かべながら散策していた。

時代小説

二見時代小説文庫

そこにある幸《しあわ》せ　ご隠居《いんきょ》は福《ふく》の神《かみ》10

二〇二二年十一月二十五日　初版発行

著者　井《い》川《かわ》香《こう》四郎《しろう》

発行所　株式会社　二見書房
〒一〇一-八四〇五
東京都千代田区神田三崎町二-一八-一一
電話　〇三-三五一五-二三一一［営業］
〇三-三五一五-二三一三［編集］
振替　〇〇一七〇-四-二六三九

印刷　株式会社　堀内印刷所
製本　株式会社　村上製本所

落丁・乱丁本はお取り替えいたします。定価は、カバーに表示してあります。

ISBN978-4-576-22162-5
https://www.futami.co.jp/

ご隠居は福の神
1
井川香四郎

倉阪鬼一郎

小料理のどか屋 人情帖 シリーズ

剣を包丁に持ち替えた市井の料理人・時吉。
のどか屋の小料理が人々の心をほっこり温める。

以下続刊

① 人生の一椀
② 倖せの一膳
③ 結び豆腐
④ 手毬寿司
⑤ 雪花菜飯《きらずめし》
⑥ 面影汁
⑦ 命のたれ
⑧ 夢のれん
⑨ 味の船
⑩ 希望《のぞみ》粥《がゆ》
⑪ 心あかり
⑫ 江戸は負けず
⑬ ほっこり宿
⑭ 江戸前 祝い膳

⑮ ここで生きる
⑯ 天保つむぎ糸
⑰ ほまれの指
⑱ 走れ、千吉
⑲ 京なさけ
⑳ きずな酒
㉑ あっぱれ街道
㉒ 江戸ねこ日和
㉓ 兄さんの味
㉔ 風は西から
㉕ 千吉の初恋
㉖ 親子の十手
㉗ 十五の花《はな》板《いた》
㉘ 風の二代目

㉙ 若おかみの夏
㉚ 新春新婚《にいめとり》
㉛ 江戸早《はや》指南《しなん》
㉜ 幸《さち》くらべ
㉝ 三代目誕生
㉞ 料理春秋
㉟ 潮来《いたこ》舟唄
㊱ 祝《いわ》い雛《びな》

森 真沙子

柳橋ものがたり

シリーズ

以下続刊

①船宿『篠屋《しのや》』の綾《あや》
②ちぎれ雲
③渡りきれぬ橋
④送り舟
⑤影《かげ》燈《どう》籠《ろう》
⑥しぐれ迷い橋
⑦春告げ鳥
⑧夜明けの舟唄
⑨満《まん》天《てん》の星

訳あって武家の娘・綾《あや》は、江戸一番の花街の船宿『篠屋《しのや》』の住み込み女中に。ある日、『篠屋』の勝手口から端正な侍が追われて飛び込んで来る。予約客の寺侍・梶原だ。女将のお簾は梶原を二階に急がせ、まだ目見え（試用）の綾に同衾《どうきん》を装う芝居をさせて梶原を助ける。その後、綾は床で丸くなって考えていた。この船宿は断ろうと。だが……。